講談社文庫

げんじものがたり

いしいしんじ

講談社

げんじものがたり

目次

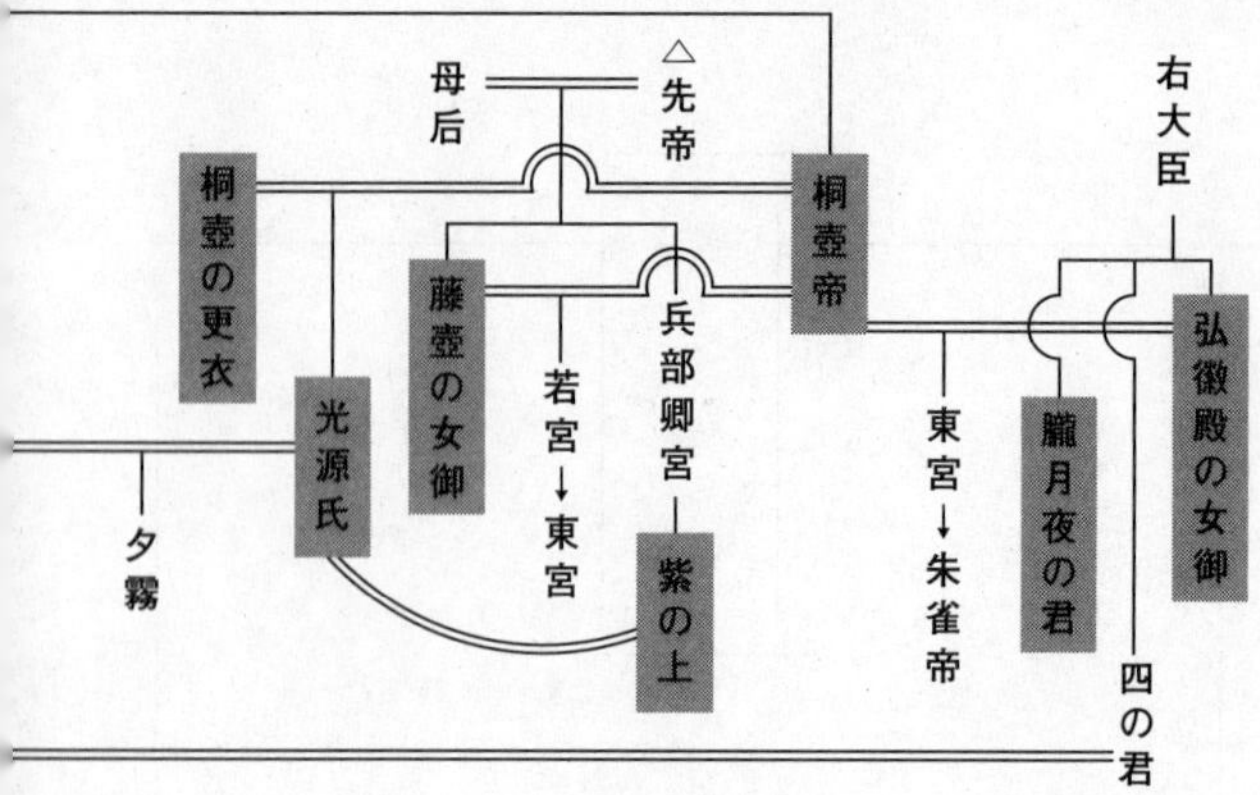

光源氏（光君）
光り輝く、古今東西一の色男。学問、楽器、詩歌、舞、なにをやらせてもピカイチの大天才。母親・桐壺の更衣にそっくりな継母・藤壺の女御に恋い焦がれる。おしゃれ。筆まめ。美女・美少女好き。

桐壺帝（帝さま・院さま）
光君の父親。身分の高くない桐壺の更衣を寵愛し、先立たれたあとは藤壺さまを愛する。光君を溺愛しているが、たまに、その女癖の悪さを叱ったりも。おおらかな分、勘働きはにぶい。

桐壺の更衣
光君の母親。桐壺帝の寵愛がすぎるあまり、まわりの女御や更衣たちの嫉妬を買う。心身ともに衰弱し、光君が三歳のときに早世してしまう。

藤壺の女御（藤壺さま）
桐壺の更衣にうり二つの女御。桐壺帝に愛されながら、義理の息子の光君にも迫られ、禁断の恋の道へはまっていく。外見、内面、言動と、光君にとってはすべてが理想の存在。

紫の上（紫ちゃん）
光君が一目惚れした美少女。藤壺さまの姪っこ。十歳くらいで光君にさらわれ、理想の女性となるべく個人教育をうける。結局もっとも長く光君と連れそうパートナーとなる。

葵の上（葵サン）
光君の正妻。超一級の家柄・左大臣家にうまれ、成人したばかりの光君と夫婦になる。美貌ではあるが、性格的に光君と合わず、たがいにうちとけ合わない冷えた関係がつづいている。

頭中将（頭兄）
葵の上と同腹の兄。唯一、光君とへだてなく気軽に話し合える親友。恋のライバルを自負しているものの、ほぼ毎回、光君に後れを取っている。けっこうなイケメン。

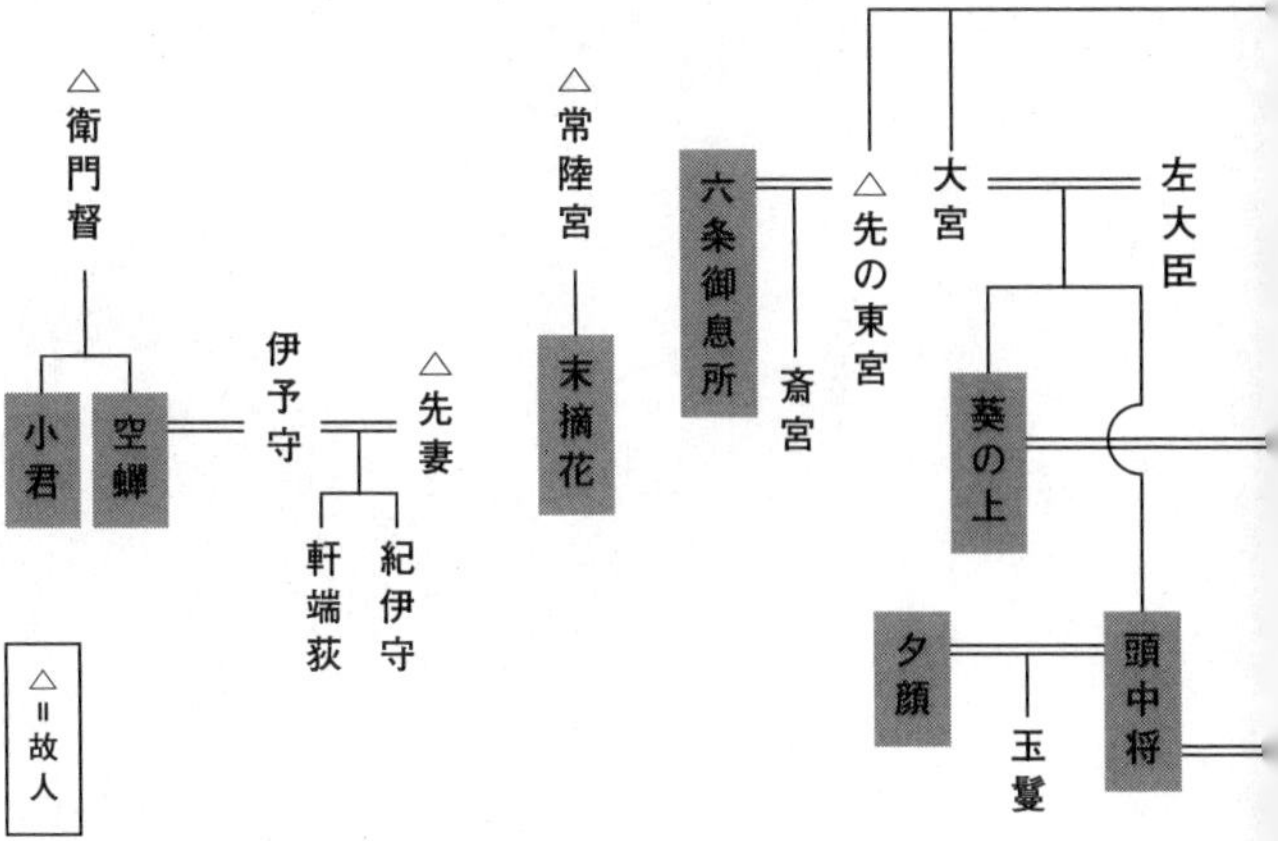

弘徽殿の女御
桐壺帝の最初のお妃。右大臣の（たぶん）長女。第一皇子（のちの朱雀帝）の母でもあり、光君の存在を疎ましく思っている。桐壺の更衣をねたみ、藤壺さまをそねむ。物語の、裏のボスキャラ的存在。

朧月夜の君（朧ちゃん）
うたいながら登場し、光君のこころを一瞬で奪う姫君。右大臣の六女。つまり、右大臣家の裏ボス、弘徽殿の女御の妹。朱雀帝のお妃候補でありながら、光君と密会を重ね、後々それがバレてたいへんなことに。

六条御息所（六条の君）
桐壺帝の弟の、もと奥さん。未亡人。光君とは長いつきあいの恋人だが、最近はマンネリ化している。気品、センス、博識ぶりは、作中でも随一。葵祭の禊の日、葵の上一行とぶつかり、生き恥をかかされて生き霊となる。

夕顔（夕ちゃん）
名前も素性もわからないまま光君が惚れ込んでしまう女性。おっとりし、可憐で、光君からしたら守ってあげたくなる性格。おしのびデートでかけた廃院で生き霊に遭う。

空蝉
光君の誘いを拒絶した誇り高い女性。年の離れた役人に後妻として嫁ぎ、その屋敷に、方違えでやってきていた光君と出会う。誘惑を拒みながら、みずからの置かれた境遇を嘆く。

小君（チー君）
空蝉の実弟。初対面の光君に気に入られ、姉とのつなぎ係、また、気慰めのため、文使いとして召し抱えられる。ウブすぎる性格で、そこを光君にしょっちゅうからかわれている。

末摘花（お姫ぃさん）
謎のお姫様。引っ込み思案。正体がわからないせいで、光君がいっそうのめり込んでアプローチを試みる。さて、その顚末は。父親が名手だったせいもあり琴の演奏が好き。

きりつぼ

どちらの帝さまの、頃やったやろなあ。

女御《にょうご》やら、＊更衣《こうい》やら……ぎょうさんいたはるお妃はんのなかでも、そんな、とりたてたいしたご身分でもあらへんのに、えらい、とくべつなご寵愛をうけはった、更衣はんがいたはってねえ。

宮中で、フン、うちがいちばんに決まったあるやん、て、はなっから思いこんだはった女御はんらみんな、チョーやっかんで、邪魔もん扱いしはるん。おんなしくらいのご身分や、それより下の更衣はんらにしても、ずんずんあからさまに、いらいらを募らせはってね。

朝夕のおつとめに出はっても、まわりからのジェラシー、イヤミばっかし積もっていくし。それでやろか、えらい病気がちになってしまわはって。息してるだけでしんどいくらい。で、しょっちゅう、お里へさがらはるん。帝さまにしてみたら、そら心配で、可哀想で、辛抱たまらへんやん。まわりの陰口、気にしはる余裕なんてぜーんぜんあらはれへんし、そらもう、そこらじゅうで噂んなるくらい、猫っかわいがりしはるわけ。

*上達部《かんだちめ》、*殿上人《てんじょうびと》らのお公卿はんらも、気まずすぎて目ぇそむけたはって。そのうち、帝さまのご寵愛は、もう誰も、よう直視できひんくらいにまでエスカレート。

「先だってもな、海のあっちらへんで、こないなことから世が乱れて、国がぐちゃぐちゃになったらしいやん」

いうて、世間にも、おふたりには、もうつきあいきれまへん、みたいな風潮がひろがっていって。あの楊貴妃《ようきひ》までひきあいに出されて、更衣はんとしたら、ほんまいたたまれへんのん。帝さまの、ありえへんレベルの情愛だけを頼りに、ただひたすら、お仕えするしかあらへんわけ。

おとうはんの大納言《だいなごん》は、もう亡くなったはんねんけど、おかあはんの、北の方、いうおかたが、旧いおうちの出ぇで、教養もじゅうぶん持ったはってね。さしあたり、宮中のセレブはんらにもひけをとらへんよう、儀礼のあるごとに、いろいろと万端、ととのえてくれはんねん。けど、とりたてて後ろ盾みたいなもんもったはらへんし、なんか改まった行事とかあったら、頼るあてもあらへんし、こころ細うてたまらへん、ずっとずーっと、そんな調子やったん。

そ・れ・が・や・ねえ！

前世からのご縁が、よっぽど深かったんやろねえ、おふたりの間に、世にまたとないくらい清らかな、たまみたいな、ピッカピカの男の子がうまれはったん！　帝さまは、お目にかかるんを、まだか、まだか、まだか、て、待ち焦がれはってねえ。身が落ちつかはってすぐ、宮中に参内させて、いざ会うてみはったら、これがもう、ふたつとないくらいの、えっらいご器量よしなん！

ところで、第一の皇子《みこ》はんのことな。いまの右大臣のご息女の、弘徽殿《こきでん》の女御はんがおかあはんや。後見はしっかりしたはるし、まちがいのう、こちらが帝さまのお世継ぎの君やと、まわりでも大切に、おうやまいしてきたわけやけど、生まれてきはったこの弟宮のまぶしさには、正直、くらべようもあらへんわけ。帝さまは、兄の宮には、ひととおり丁寧に接したはるだけ。そのいっぽう、ピッカピカの弟宮には、親バカべったりな感じで、そらもうたいへんなおかわいがりようなん。

母君の更衣はんて、もともと、そのへんの女官はんらみたいに、えんえんずっとおそば仕えせんならんご身分やあらへんねん。世間からも一目おかれたはったし、そのご身分にふさわしい物腰も、ちゃんとそなえたはったんやけど。

そやのに、帝さまが、むりくりおそばに置きたがらはって、わりと格の高い管弦の会でもなんでも、大事なイベントのときには、まっさきにお召し寄せにならはって。で、夜をいっしょに過ごさはって、そのまんま朝から次の日もずうっと、おそばに留めおかはるときもあるくらい。

こんな風に強引に、御前からずっと放さはらへんかったせいなんかなあ、だんだんと、そこいらにいてる、身分の軽い女房、くらいな雰囲気になってもうとったんやんか。

それがやね、この第二皇子がおうまれにならはってから、帝さまは、いっそう気ぃ配らはって、母君の更衣をみんなが丁重に扱うよう指示しはってね。一の皇子の母君の、右大臣家の弘徽殿の女御はんにしてみたら、気が気やあらへんわな。ひょっとしたら、東宮つまり皇太子に、あっちの弟宮のほうを、おたてになるんやないか、て。

この女御はんは、ほかのかたがたよりずいぶん先に、内裏にはいったはってね、帝さまのお思いも、ひとかたではあらへんし、その上、皇女さまらも生まれたはるし、さすがの帝さまも、こちらの母君のお諫めだけは、

「ああ、わかった、わかったあるって、ああ、ほんま、じゃまくさ」

て、ぶつくさいいながら、ちゃんときかはんの。

更衣は、帝さまのもったいないお気持ちに頼りきりなわけやけど、それを傍から、やいのやいのいわはるひとはようけいたはるし、からだは病がちでなんやぱっとしいひんし、そういったご寵愛が、かえって、更衣にしてみたら、しんどうて、しんどうて、たまらへん、いうこともあんねん。

更衣はんのお部屋は、昔から「桐壺《きりつぼ》」呼ばれてて。その桐壺まで帝さまが、ほかの女御やら更衣やらおおぜいの部屋の前を、完無視でスルーしはって、暇も置かんとしげしげ通わはんのん見せられて、ほかの女子らからしたら、そんなん、おもろいわけあらへんやん。

帝さまに呼ばれて、更衣のほうからも参上するわけやけど、それがあんまり重なるようやと、＊打橋《うちはし》や、＊渡殿《わたどの》のあっちこっちの通り道に、ばばちいもん撒いたあったりして、送り迎えのひとの衣の裾が、かわいそうに、べちゃべちゃになってもうたりね。

途中の廊下の、両端の戸を、いっせえのせえ、でしめきって、内側に更衣をとじこめてしもたり。何度も何度も、そないいじめ倒さはるん。

で、帝さまなあ……。なにかにつけて、数えきれへんくらいしんどい思いを重ねたはる更衣を、もちろん、かわいそうに思わはってのことなんやけどね。*清涼殿《せいりょうでん》の西隣の、後涼殿《こうろうでん》でもともと仕えたはる更衣の局を、ほかへ移さはって、そのあとを御殿にあがらはるときの控えの間として、桐壺の更衣にくだされはったん。そらなあ、追い出されたほうの更衣としたら、煮え湯のまされたみたいに腹立つわ。

えーと、ほかにも……そうそう、若宮が三つにならはる年て、*御袴着《はかまぎ》の儀式があるやん。そのとき、帝さまいうたら、内蔵寮《くらづかさ》や納殿《おさめどの》のお宝をありったけ使て、一の皇子さまがしはったときに負けへんくらい、盛大にとりおこなわはって。

そのことについても、世間ではほとんどブーイングの嵐やったんやけど、だんだんと大きいならはる若宮の、そのご器量、おこころばえいうたら、並はずれてすばらしいて、結局誰ひとり、本心から嫌いになんかなられへんねん。物事に通じたはるひとは、この世にこんな人間がようお生まれにならはった、いうて、びっくり、目ぇ見はったはる。

その年の夏な、桐壺の更衣はんが、ちょっとしたご病気にかからはって、お里帰りをお願いしはってんけど、帝さま、ぜーんぜん、きく耳もったはらへん。ここ何年かずっと、ふだんからご病気がちやし、もう、見馴れてしもたはるんやろけど、

「このまま、もそっと様子みたらどないなんや」

とか、いわはるだけ。

それがやね、日に日にだんだんと重うなってきて、ほんの五、六日ばっかしの間に、桐壺の更衣、えらい衰弱してしまわはって。更衣のお母はんが、帝さまへ、涙ながらにお願い申し上げて、ようやっとお里へ連れて帰らはるん。こんな折にも、万にひとつでも宮中を不幸で穢《けが》すようなことになったら、て用心して、若君だけは宮中に残したままで、こっそり出ていかはるん。

いろんなことに、限界、いうもんはあるやん。いくら帝さまでも、もうこれ以上強引にひきとめることはできへん。ご身分柄、お見送りもさせてもらえへんし、ぐっと、いいようもない哀しみにうち沈みきったはるん。

あんなに、きらきら匂いたつほどかいらしかったひとが、えろうやつれ果ててもうて。えもいわれへん哀しみに沈みこみながら、それを、ことばにだして申し上げることもできはらへんで、もうこのまんま、ふらふら絶え果ててしまわはりそうで。

そんな様子をご覧になって、帝さまはあと先もないくらいパニクらはって、泣く泣く、思いつくかぎりのことをお約束しはんねんけど、桐壺の更衣は、もう、返事すらできひんの。目線はフラフラ、意識は混濁、半分気絶状態で伏せったはるのを、

「ああ、どないしたらええのやっ」

帝さまはただ、途方にくれはるばっかし。特別に、宮中から手車《てぐるま》*で退出するご許可までださはってからも、またまた、更衣のお部屋にいりびたりで、ゼッタイおそばから離そうとしはらへん。

「死出の道も、ずっといっしょに歩いていこうて、たがいに約束した身やないか。私を捨てて、ひとりでいってしまおやなんて、な、そんなんするわけないやんな、なあ!」

そない訴えはるんを、桐壺の更衣も、あんまりおいたわしゅうおもわはって、

「かぎりとて　別るる道の　悲しきに　いかまほしきは　命なりけり（これでオシマ

イ、とかいうて、別れ別れの道なんか行きとはない。わたしはただ、生きたい、生きたいだけやのに！）……ほんま、こんなことになるんやと、はじめからわかっとったら……」

息絶え絶えに、いいたいことがありそうなんやけど、えらい苦しみのなかに、身もこころも消え果ててしまわはりそうなご様子に、帝さまもう、いっそこのまんま宮中に留め置いて、最期の最期まで見守ったりたい、そない思わはんねんけど、更衣の母君から、

「今日からはじめる予定のご祈禱がいろいろとございますし、また、修験道のえらい先生がたにも、今晩からお願いしてありますし」

ていうてきて、急《せ》かせはるん。帝さまはたまらんお気持ちのまま、更衣が出ていくのんに任せるほか、しかたあらへんかったんやわ。

帝さまのお胸はみっちりふさがってもうて一睡もしはらへん。夜の底をただぼんやりと見つめたはるだけや。お見舞いのご使者が行き来する時間にもならへんうちに、真っ暗なご表情で、ああ、どないや、どないなった、てまわりに漏らさはる。

と、そのころ、桐壺の更衣の実家では、

「真夜中過ぎ、とうとう、とうとう、いってしまわはった！」

家族の方々が泣き騒がはんのをきいて、ご使者もがっくりした顔で、足ひきずって、宮中へあがるん。お知らせうけとらはった帝さまは、もう半狂乱で、もうなんもおっしゃらへんまま、お部屋へお籠もりきりにならはってもうて。


で、こんな風にお母はんを亡くさはった、若宮のことやねんけど。

帝さまは、これまでのまま宮中で、おそばに置いておきたいてお気持ち、じゅうじゅうお持ちやってんけど、母君の喪中、宮中にとどまらはるやなんちゅうこと、これまであったためしがあらへんねん。で結局、若宮は、宮中からは、お下がりにならはることになってね。

「え、なに？　どないしたん？」

若宮は、まわりのひとらや、お父はんの帝さまが、ぐすぐす泣きじゃくったはんのを、ふしぎそうに、きょとーん、て見たはんのん。

ふつうの場合やっても、お母はんとお子のお別れが、悲しないわけあらへんやん。

それが、こんな事情やから、いっそう哀れで、もう、ことばにならへんくらい、しみじみとお可哀相でねえ。

それからずいぶん月日が過ぎて、若宮、宮中にあがらはります。この世のひととともおもえへんほど、気高う、うつくしゅう成長しはったそのお姿に、帝さまは、感激を通り越して、ぞわぞわ、不吉さまで感じたはる。こんなきれいすぎたら、神さんに目ぇつけられて、早々にあの世へ連れてかれてしまわへんやろか、て。

明くる年の春、お跡継ぎを決めはるときにも、帝さまの本心では実は、一の皇子を飛びこして、この若宮を、というおつもりは持ったはったんやんか。そやけど、強い後ろだてもあらへんし、世間からの風当たりを考えてみても、若宮ご自身がのちのち、しんどい目に遭わはらへんともかぎらへん。て、そないなわけで、そんなお考え、ちらとも匂わさずにいたはったら、

「あんな、猫かわいがりやったのに、締めるとこは、やっぱり締めはる。さすがやわ」

て、世間でもいうようになって、一の皇子のお母さまの、弘徽殿の女御もほおっとしたはる。

若宮のお祖母さま、北の方は、なんの慰めもなしに、ずっとしょんぼりしたはって、亡くなってしもた娘の桐壺の更衣に、あの世まで会いにいきたい、て、ただひたすら、そのことだけ願てはるうち、ほんまにお亡くなりになってしもて。

帝さまにしたら、これも、えらいショックなんやんか。若宮も、もう六つになったはるし、こんどは、いろんなことがわかって、恋しゅうて泣かはります。「おばあちゃん」として、ちいちゃいころからずうっとなじんだはった北の方は、若宮を残していかはる悲しみを、何度も何度も訴えながら、息をひきとらはったん。

で、それから若宮は、ずっと宮中で暮らさはることになってね。七つんときに開いてもろた読書《ふみ》始めの儀式でも、ほんま、この世のお子やないみたいな天分を見せはって、それ見ながら帝さまは、やっぱし、おなかんなか、ぞわぞわさせたはって。

「いまとなっては、誰ももう、この子のことを、憎んだりそねんだりはしいひんやろ。母親もおらへんことやし、どうか、みんな、かわいがったってくれへんか」

そんな風にいわはって、弘徽殿や、ほかの御殿にいかはるときまでもずっとご一緒で、そのまんまお部屋の、＊御簾《みす》のなかへまであげはるん。

ごっついおさむらいや、敵や仇がおったとしても、若君に会うたらついにっこりしてまうくらい、たおやかなご様子なん。弘徽殿の女御でさえも、あっちいっとき、とか、ようよういわはらへん。この女御からは、先に、皇女がおふたり生まれたはんねんけど、やっぱしな、この若宮と並んだら、くらべてみんのもおこがましいっちゅうか、なあ。

ほかの女御や更衣らも、まだ七歳の若宮には、顔を隠したりはしいひんのね。このお年でもう、見てるこっちがどきどきするくらい、ぴかぴかの気品に輝いたはるし、いっしょにいててマジうれしい、気になるお遊びのお相手、て、みーんな、そんな風に思たはんのん。

お定まりのお勉強は、もちろんやし。お琴や笛鳴らさはったら、内裏じゅうのみんな魂ぬかれてしもたり。こんな風に、いちいちあげていったら、もう、かえってうっとおしなるくらいのど天才。

ちょうどそのころ、日本にきたはる高麗人《こまうど》のなかに、よう当たる人相見のひとがいたはるって、そないなことを、ちょうど帝さまがききつけはってね。で、外人はんを宮中にいれるのんは、宇多《うだ》天皇のお戒めもあって無理やから、そっとお忍びで、若宮を鴻臚館《こうろかん》に遣わさはったん。

ご後見役としてお仕えする右大弁が、自分のお子、ていうふりしてお連れしたんやけど、この人相見はびっくりしはってね、何度も何度も首かしげはって。

「うう……こちらのお顔は、この国の父、つまり帝王として、最上の位までのぼっていかれるはずの相で……そうではあるんですが……ただ、帝になられるとしたら、国が乱れまくり、民に苦労を強いることになる、と出ております……なのですが……朝廷の固め役として、天下のまつりごとを補佐されるのが天分か、とみてみると、これもやはり、相が合いませんようで……ううん。なにがなんやら、わしにも、わけがわかりまへん！」

右大弁も、けっこうかしこい学者はんで、若宮と、高麗人はんといろいろ、おもろいお話も尽きへんでね。漢詩を作り合うたりもして。

今日明日お国へ帰る、いう段になって、高麗人はん、こんな素敵な若宮に会えたよろこびと、そのぶんだけ大きい別れの悲しさを、漢詩に、あんじょう詠まはってね。若宮もお返しに、ハンパやないくらい、じーんとくる詩、作らはったんやけど、高麗人はん、もうそれ、べた褒めでね。ばんばんプレゼント攻めにしはんの。

朝廷からも、この高麗人はんには、いっぱいの賜りものがあってんけど、こういう話って、わりとすぐ、まわりに広がるやん。帝さまの口からは、ぜったい漏らさはらへんけどね。でも、お世継ぎの皇子のお祖父さま、右大臣なんか、いったいどないなっとんのや、て、えらいむくれたはんねん。

帝さまは、深いお考えで、先に日本の人相見にも会うて、若宮の相のことは知ったはったんやんか。そやし、いままで若宮を、親王にもしはれへんかってんけど、あの高麗人、さすがによう わかっとるな、て感心したはる。

なんの位もない、母方の後見役もいてない親王なんかにして、ふらふら生きてるだけ、いう身分には、させとうない。帝としての、ご自分の世かて、いつどないなるかわからへん。若君は、皇位とは無関係の臣下に下げて、朝廷の補佐役に徹してもらうんが、本人の将来を考えあわせても、やっぱし、安全なんやないか、て、そんな風に、おこころを決めはってね。いずれ政治に役立ついろんな学問を、若君に習わせはるん。

抜群にかしこうて、臣下にしとくのはほんま、もったいないくらいなんやけど、親王に引きあげたら、即、世間からひねた目でみられるに決まったあるし、占星術の達人にみせても、やっぱし同じようにいわはるんで、ここは「源《みなもと》」の姓を贈って、若宮を「源氏《げんじ》」て呼ばはることに決めはったん。

年月がたつほど帝さまは、桐壺の更衣を、しょっちゅう思いだしてばっかし。気晴らしに、それなりのおなごはんをおそばに侍らさはっても、あの更衣レベルの相手って、滅多にいてへんのが現実なんやな、て、しみじみ思い知らされるみたいで、かえって逆効果なん。

ところでな、前の帝さまの、四番目のお姫さまで、えっらいべっぴんさんて、大評判のかたがいてはってね。お母はん、いうたらまあ、前の帝さまのお后はんやけど、そらもう大事に大事にお育てにならはって。

いまの帝さまのおそばの典侍《ないしのすけ》のひとりが、前の帝さまからお仕えで、母后はんの御殿にもしょっちゅう通い慣れたはって。で、このお姫さまを、昔もいまも、ちらほらとお見かけする機会があったもんやから、帝さまに、「これまで三代の帝さまにお仕えして、桐壺の更衣さまみたいなかたには、なかなかお目にかかれまへんでしたが、后《きさい》の宮の姫君だけは、ほんまに生き写しにご成長にならはりましたわ。ありえへんくらいのご器量よしで」

帝さまは、ほんまかあ、とか勘ぐりつつ、わりと気にはならはって、ちゃんと手続きをふんで、おそばに呼ぼうとしはります。

母后はんは「おお怖。東宮《とうぐう》さまのお母はんの弘徽殿の女御て、エライいけずてきてまっせ。桐壺の更衣はんかて、あんな風に、あからさまにいびられまくったはったし。いや、かなん、かなんわあ」とかいうて、うじうじ迷ったはるうち、なんとまあ、お亡くなりになってしまわはって。

こころ細いご様子のお姫さまに、帝さまは「僕の娘と思て大切にするから」て、やさしゅうにおっしゃってね。お仕えの女房ら、後見役、ご兄弟の兵部卿宮《ひょうぶきょうのみや》も、そんな風に寂しがってるよりかは、内裏にあがったほうが、気も晴れるんちゃうか、て宮中へあげはるん。お姫さまのお名前は、藤壺《ふじつぼ》さま、いわはります。

藤壺さまのお顔、見た目は、ほんま怪しいくらい、亡くなった桐壺の更衣はんにそつくりなん。けどな、更衣とちごて、こっちはお姫さまやんか、そないわかったあるからかどうか知らへんけど、パッと見ぃ文句なしにご立派で、よそさんからもなんの陰口もでえへんし、帝さまも、かわいがらはるのに、なんのご遠慮もいらはらへんのん。

桐壺はんのときは、世間からええように思われてへんかったその分、帝さまは、アンバランスなくらいに、のめりこみはったんやね。なつかしむそのこころが、紛れる、ていうわけやないんやけど、だんだんと気持ちが、藤壺さまのほうへ移っていかはって、自然に気がたいらかに凪いできはんの。そういうのんって、なあ、いまも昔も、かわらへんやんなあ。

源氏の君て、帝さまといっつもご一緒やろ。そやし、何度も通てきはる藤壺さまは、ばったり顔合わせてしもたかて、もうそんな、照れて恥ずかしがってばっかしはいられへんのん。

ほかの女御や更衣らみんな、自分がいちばんべっぴん、て、ふつうにそない思たはるん。まあたしかに、それぞれ美形は美形ではあんねんけど、でも、なんかちょっとな、ピークすぎてる、いうか。

けど、この藤壺さまは、ほんまに若うて、かわいらしゅうてね。なんとか顔みられへんように、て努力しはんねんけど、源氏の君の目には、自然とそのお顔が、チラ、チラ、てはいってきてまうのん。

お母はんの御息所、桐壺のことは、その面影も、ようおぼえたはらへん。でも、「ほんまよう似たはります」て、典侍がいうとったんを覚えたはって。で、こどもごころにもなつかしいて、ずうっとそばにいてたいなあ、もっとなかようなりたいなあ、て、そんな風に思たはんねん。

帝さまにしたら、ほかに替えようのあらへん、大切なおふたりや。そやし藤壺さまに、

「な、この子のこと、面倒がらんといたってや。へんな話やけど、血、つながった、ほんまの母子みたいな気すんのや。気わるうせんと、かわいがったってくれへんか。もともとこの子は、母親と、顔も目つきも、よう似とったしな、きみがお母はんみたいにみえたかて、それはそれで自然やし」とか、頼まはって。で、源氏の君もおさなごころに、季節にうつろう花紅葉にかこつけて、藤壺さまに甘えかかりはんの。

弘徽殿の女御、つまり東宮のお母はんは、この藤壺さまとは、もともと仲がええほうやなかったんやけど、そのうち、桐壺の更衣をいじめ倒してたときの気持ちまでメラメラ復活してきて、むかついてむかついてしゃあないん。東宮いうたら、そらもう、ふたりといたはらへんお方で、お顔もご様子ももちろん、世間では評判やねんで。評判ではあるんやけど……でもな、ここだけの話、やっぱし源氏の君の、まぶし

いくらいのお姿とは、くらべもんにならへんわけ。あんましピカピカで、かわいすぎるんで、そのうち、「光る」君、てあだ名がついたくらい。藤壺さまも、この君とならんで帝さまから、ありえへんくらい大切にされたから、「輝く日の宮」、て呼ばれるようにならはって。

この「光君《ひかるくん》」の、かいらしすぎる童姿、帝さまはずっとそのままにしときたい、て思たはんねんけど、そら無理な話やわ。十二歳なったら、元服*しはるん。お父はんの帝さま、自分から率先してあれこれお世話しはって、決まり切ったしきたりに、それ以上の儀式も足して執りおこなわはってね。

前の年の東宮のご元服のとき、南殿《なでん》*が会場やった儀式って、えらい立派やった、て大評判やってんけど、今回も、それに負けず劣らずの豪華さなん。そこらに並べる御馳走も、内蔵寮《くらづかさ》や穀倉院らの役人に任せといたら、ケチケチしてしみったれた料理になりそうやし、帝さまじきじきにいいつけて、超ゴージャスにあつらえさせはってね。

清涼殿の東の廂《ひさし》の間に、東向きに玉座の椅子たてて、その前に、冠かぶる光君のお祝いの席、冠かぶせる左大臣の席がならんだある。

夕方、申《さる》の刻《とき》ごろ、光君登場。男の子っぽく角髪《みずら》結わはった顔だち、そのお顔のぴかぴかな色つや、ほんま、元服させておとなにしてまうのんがもったいない様子やのん。大蔵卿《おおくらきょう》がヘアメイクの担当しはるん。つやつやきよらな御髪《みぐし》、切りおとす瞬間、ほんまつらそうな表情でね。帝さまは、これをもし、お母はんの更衣が見ててくれたら、て思いださはって、涙こぼれそうになんのをなんとか気丈にこらえたはんのん。

加冠の儀式をすまさはって、休憩所で大人用の装束に着替えてから、東庭におりて帝さまに感謝の舞を舞うてみせはるその様子に、そこにいてるみんなポロポロ涙こぼさはって。帝さま、誰よりもこらえきれへん思いで、昔は、あの更衣とふたり、楽しゅう暮らしとったこともあるんやなあ、て、思いださはるごとに切のうてね。こんなまだ幼い年頃で髪の毛あげて、見劣りするんやないか、て心配したはってんけどね、真逆。びっくりするくらい華やかさが加わらはった。

加冠役の左大臣にね、帝さまの妹、皇女の北の方とのあいだに儲けはった、ひとり娘の姫君がいたはんねん。ぜひお嫁さんに、て東宮から内々打診されてんのを、さて、どないしたもんか、てずっと迷たはってんけど、それは実のところ、この光君とカップルになってくれたら、て心づもりがあってのことなん。このことは帝さまにも、ええ色の返事もらってあったから、帝さまから、

「ああ、そやそや。今日元服した光は、もともと後見も誰もいてへんし、おまえんとこのお嬢はんに、添い寝させたってもらえへんか」

こうお達しがあったとき、左大臣、内心ガッツポーズや。

光君、また休憩所へさがらはって。賜り物の祝酒で、みんな乾杯してるうち、親王らの座所の末席にすわらはんのん。そこで左大臣、お姫さまのことそれとなく匂わせはんねんけど、なにくれと照れ屋さんのお年頃やし、とりたてて返事したりはしはらへんねん。

典侍が渡ってきて、帝さまのご宣旨を、左大臣に伝えるん。いわれたとおり、御前に参上した左大臣に、帝さま付きの命婦《みょうぶ》が、ねぎらいのご下賜品を帝さまから取り次いで渡さはんの。真っ白な大袿《おおうちき》、御衣《ぞ》ひとセット、これは恒例の品々やわ。

杯を賜ろうというとき、帝さまから、

「いときなき　はつもとゆひに　長き世を　ちぎる心は　結びこめつや（幼いあの光がはじめて結んだ元結に、おまえの娘との末永く添いとげるこころを込めたかな、ど

うやろな)」

確かめる心づもりもあって、婚儀のこと念押ししはんねん。左大臣は、

「結びつる　心も深き　もとゆひに　濃きむらさきの　色しあせずは（こころをこめて結んだ元結ですから、だいじょうぶやないですか。ゆかりの濃い紫の色と同じく、光さまのおこころも色あせへんように願いたいですな)」

こう詠まはって、長橋から東庭へおりて、お礼の舞踊をみせはんのん。その後左大臣は、左馬寮の御馬と、鷹ほこにとまらせた蔵人所の鷹、拝領しはる。階段おりたあたりに、親王や上達部らが立ち並んで、それぞれの身分に応じたご祝儀もらわはるん。

その日ぃに、帝さまへ献上された御膳の折やらフルーツ盛ったある籠、右大弁が仰せつかって用意させはったもん。おにぎりっぽい屯食《とんじき》、脚のついた唐櫃《からびつ》やなんか、置ききれへんくらいぎっしり並んでて、数でいうたら東宮の元服よりか多いねん。ていうか、こっちのほうが全然ゴージャス。

その晩は、光君、左大臣の家に移らはってね、お婿はんとして、光君を迎える儀式、普通ではあり得へんくらいきっちり調えはって、丁重におもてなししはんのん。まだまだ幼顔で、子どもも子どもしたはる様子に、左大臣は、ヤバイ、怖いくらいカワイイ、て、ぞわぞわ感じたはる。お姫様の、チョイ年上の葵《あおい》サンから見て、お婿の光君があんまり幼げにみえてもうて、なんかなあ、お似合いの夫婦いう感じとは違うかも、てきまり悪う思たはんの。

左大臣のことな。もともと、帝さまからの信頼が篤い上に、葵サンのお母はん、北の方て、帝さまとおんなじ后腹の妹はんやん。どっから見たって超セレブ、鉄板クラスの立派さやいうのに、さらにさらに、光君までお婿はんとして家族に加わってね。東宮のお祖父はんの右大臣て、ハーッハッハ、将来は権力にぎって、ぜんぶ思いのままにしたろ、て、そない狙ったはったはずが、いまはしょぼんとして、刺身のツマみたいに押しやられてしまわはって。

左大臣はいろんな奥方にぎょうさん御子を産まさはってね。北の方の御子、葵サンのお兄はんが、蔵人少将《くろうどのしょうしょう》いうて、ピカピカ若いイケメンなん。右大臣家は、左大臣家とぜんぜん仲はようないねんけど、将来の、政治のこと考えたら、おめおめ見逃すわけにいかへんし、弘徽殿の女御の妹、四番目のお姫さまのお婿はんに迎えはったん。で、光君にも劣らへんくらい丁重におもてなししたはって、そう考えたら、光君と左大臣、蔵人少将と右大臣、けっこう理想的な婿舅の間柄やねんな。

で、その光君、あいかわらず帝さまが、おそばから離そうとしはらへん。そやし、左大臣家でのんびり気楽に過ごすやなんて、できるわけあらへんの。

そのこころの奥では、ただ、ひたすら、藤壺さまのお姿を思いかえして、

「ああ、あんなきれいなひと、ほかに、この世にいたはらへんやんなあ。ほんまいうたら、僕は、あのひとと、一緒に……ああ、ああ、あんなひと、ほかに、いたはるわけ、ないしなあ！」

結婚相手の葵サンな、大切に大切に育てられた、熨斗《のし》つきのべっぴんはん、って、それはほんま、ようわかんねん。けど、そばにいてて、どないしても情が移らへんねんやんか。ただ、藤壺さまのことだけを、こどもごころに一心に思いつめはって、胸がキリキリ痛おなるくらいなん。

ははき木

光君、十七で、中将の位にあがらはって。

梅雨で晴れ間のあらへんころ、帝さまが御物忌《ものい》みでずうっと閉じこもらはるし、臣下として光君も、いつもよりいっそう長う宮中にとどまったはんのん。左大臣家ではみんなじりじり、待ちこがれたはってね。光君の着る衣装や飾りつけは、どれもこれもTPOに合わせて、めっちゃゴージャスに誂えはって。

左大臣家の息子はんらも、せっせせっせ、光君の宮中での部屋へ通て、お世話しはんのん。そのなかでも、葵サンのお兄はん、帝さまの血ぃ引いてる頭中将《とうのちゅうじょう》は、光君ととりわけ仲良うならはって、遊びまわったりふざけたり、他の誰よりなれなれしい振るもうたはるん。自分のお嫁はんとこ、右大臣の箱入り娘のところには、めんどくさがって寄りつきもしはらへん。ちょっと腰軽ぎみのチャラ男やのん。

里の左大臣家にいてても、自分の部屋ぴっかぴかに設えて、光君の出入りにずうっと親身につきそうて、夜も昼も、学問もそれ以外もいっしょで。なんにつけ、光君に見劣りしはることもないし、どこへいくにも連れ添っていかはるし、しぜんに、遠慮なしにうちとけ合うて、こころのうちを隠しもせんと打ち明け合う、そんなむつまじい仲になっていかはったん。

つらつらと一日降りつづいた、しめやかな雨の宵。

殿上はひと影もまばらで、光君のお部屋もふだんよりか、のんびりしたふんいきやのん。灯り近寄せて、本なんか読んだはる。頭中将、すぐそばの書類棚にしまったある、とりどりの色紙に書きつけた手紙、何通も引っぱりだして、なあ、なあ、読んでええか、読んでええやろ、てやたらうるさいん。

「まあ、べつにい、おとなしいやつやったら見てもええけど。でも、ヤバイんでてきてもうたら、かなんしなあ」

て光君、なかなかうんていわへんのん。中将は、

「ズバリ、それ！　その『ヤバイ』ちゅうのんをこそ、見てみたいんですやん。ありきたりな、そのへんの手紙やったら、僕らみたいななんじゃもんじゃでも、それなり

に書きますし、読みもしますわ。そんなんよりか、それぞれの女子がそれぞれの思いこめて、恨みつらみこぼしたり、夕暮れに、もうすぐ来るかもしれへん相手にむけて書いたり、ヤッパねえ、そういうんが読みたいっしょ」

て、口とんがらかしたはる。

見られたらシャレにならへんレベルの恋文なんかは、こんなテキトーに棚なんかに突っこんどいたり、ほったらかしにしとかはるわけあらへんやん。誰も知らへんどっか奥のほうへ隠したはんのに決まったあるし、そのへんにあんのんは二級三級レベルの、どうでもええ手紙ばっかしなんやろね。

ちょろちょろ拾い読みしつつ、頭中将、

「にしても、ようもまあ、こんな、いろんなとこの女子から」

いいながら、当てずっぽうに、

「これは、あの娘で、これは、エート、この娘かあ」

て、差出人が誰かきいてくんねんな。ビンゴもあれば、ねちねち見当ちがいなこというたりもしてて、光君、ふふ、おもろ、て思いつつ、テキトーな空返事でごまかしながら、手紙全部しもてまわはるん。

「頭兄《とうにい》こそ、ぎょうさんコレクションしたはるくせに。ちらっとでも、見せてみよし。ほんなら、この棚も気持ちようオープンしますやんか」

「読んでもうておもろいもんなんて、なーんもあらへんわあ」

て頭中将、こたえるそのついでに、

「女子でね、この子はもうピカイチ、文句なし、120点、みたいな子ぉってマジ、未確認動物《UMA》並にレアなんやて、ようやっとわかってきましてん。ただ、うわっつらの雰囲気だけで、サラサラ字ぃ書いたり、その場のやりとりだけ上手につくろうたり、それくらい、それなりの身分の女子やったら、まあまあ普通にやらはりますわ。けどね、そういう方面でほんまにスゴイ子ぉて、さて、誰や、て選ぶ段になったら、満場一致で手ぇがあがる女子て、なーかなかいたはらへん。てんでんばらばらに、それぞれ得意になって他人こきおろしたり、はたで見てて、けっこうキツイこと多いっすわ。

親御はんらがべったり甘やかして、先々考えて箱にかこて外へださへんうちは、才能やらセンスやら、評判が男の耳にひっかかって気になったりとかは、そらまあ、なくはないでしょ。ルックスそこそこ、性格まあまあ、ふつうに若うて、時間の余裕もたっぷりあって、てなったら、ちょっとした芸事で、ひとにつられて稽古かさねてるうち、なんやしらんうち、悪うない感じにものになっとった、みたいなことも、まあ、ありますわ。

あいだにはいった誰かが、アカンところはひた隠しに隠し、どっちかいうたら長所かなあ、みたいなポイントに尾ひれつけて吹聴したとしたら、きいてるこっちは、へえ、そうなんや、て期待しますやん。本人に逢いもしいへんうちから、まさか、ケチつけたりしませんやん。で、真剣にとってえ、逢いますぅ、付き合いますぅ。でね、もう、結局それでガックシきいひん相手って、マジ、１００人にひとりもいいひんね」

ぶつくさいいながら、きいててこっぱずかしなるくらい自信まんまんなん。１００パー当たってるわけやないやろけど、光君も、ちょっとは思い当たることがあんのんか、チョイ苦笑いしながら、

「そんな、なーんのとりえもない女子て、ほんまにおんのかな」

「まあね、リアルにそんな女がいてたとしたら、さすがに誰もひっかかりはしいひんでしょ。ヤバイくらい残念な子ぉと、ヤバイくらいええ子ぉとは、数的にはトントンなくらい稀少なんちゃいますか。ハイソな家にうまれた女子て、おおぜいからチヤホヤ大切に育てられるわ、欠点もひと目から隠してもらえるわで、自然と、人となりもそんな感じになってきますやん。それが、中流家庭は、ひとの考えも個性もけっこう

ばらっばらやし、ほかとの違いが、とりわけ目だってくるんやないっすかね。底辺のひとらのことは、別に知りとおともおもわへんけど」

て、女子のことはなーんでも知りつくしてるみたいにいわはるん。光君、おもろがらはって、

「そういう差って、なんなん。上、中、下て、どこでどうやってわかれんのん。もともとハイソにうまれたのに、いまはおちぶれて、箸にも棒にもかかれへんのんと、パンピーの出ぇで上達部とかまでのしあがって、我が物顔でお屋敷んなか飾って、ブイブイいわせたはんのんと、なあ、どっちがどうなんやろね」

そない訊ねたとき、ちょうど、左馬頭《ひだりのうまのかみ》、藤式部丞《とうしきぶのじょう》のふたり、御物忌みでいっしょに「おこもり」でもしよ、て思てやってきたん。世間でも有名なチャラ坊、かつ、バリバリ口うまいん。頭中将、待ちかねてたみたいに大歓迎して、いよいよ、雨夜の品定め、はじまりはじまり。ヤバイ話てんこ盛り、こころの準備、ＯＫ？

頭中将、

「なんぼ成り上がったかて、もともとのうまれがたいしたことないんやったら、世間の目ぇがヤッパ、ぜーんぜんちゃいますって。また、もとはセレブでうまれはったのに、世渡りする手づるがのうて、だんだんとおちぶれて忘れられはったとしたら、プライドだけ高うて、暮らしはボロボロっしょ。ま、どっちもどっち、間とって両方とも『中』にいれといたらよろしいんちゃいますか。

『受領』いうて、地方行政の長官やったはる、中流の身分てもう決まったある役人がいてるんすけど、そんなかでも、また細かいランクにわかれとって、中流やいうのに相当イケてるやつらが、最近何人も出てるんですて。生半可な上達部よっか、四位クラスでも参議《*さんぎ》の資格もってる役人らのほうが、世間の評判もええくらいですし。まあまあ悪ない家柄で、そこそこリッチに暮らせるんやったら、ベタベタなしがらみも少なそうやし、かえって気楽で楽しいかもしれへんね。

不自由なことなんてなにひとつあらへんやろし。元手かけて、磨き抜いて育てた箱入り娘が、一切ケチつけようもあらへん完璧なセレブに成長して、宮仕えに出はって、で、思いもよらへん玉の輿に乗らはるとかな、そういうんって、なあ、けっこうきくやんなあ」

光君、ここまできいて、

「つまり頭兄の考えとしては、なんせ女は、物持ちにかぎる、と」

いうて、ホホホ、て笑わはって。

「どの口がいうてますねん」

頭中将、ちょっとだけムッとなって。

左馬頭《ひだりのうまのかみ》が出てきて、

「もともとの格式と世間の評判がちょうど釣り合うてる、セレブな家にうまれてるくせに、内輪のしつけや気づかいができてへん、て、そんなん論外やん。どない育ったらこないなんねんて、もう、引くやん。家柄や世間の評判どおり、イケてる女子に育っとって、それフツーやろ、あったりまえやん。珍しいことでもなーんでもあらへん。ま、そんなご大層なオジョーサマ、俺みたいなパンピーからしたら、どーせ、どうでもええ話ではあるけど。

でもな、しーんてなった、草むしたあばら家みたいな家にやで、思ってもみいひんようなべっぴんちゃんが、世間的にはぜーんぜん無名のまんま、引きこもったあったたりしたら、なっ、このシチュエーションってけっこう来るんちゃう。え、なんでこんなとこに、て、そのギャップだけで、もう心臓わしづかみやん。

たとえばな、じじむさい、太りすぎのオヤジとな、ぶっさいくな息子兄弟とが住んでる、どっからどうみてもたいしたことあらへん家の奥のさらの奥の間ぁに、プライドだけ高うて、なんとなくつづけてる芸事の腕も、それなりにまあまあ、身についたある女がいてたとするやん。そういう場合、普通やったらぜーんぜん鼻もひっかけへんのに、なんかちょっと意外で、え、どんな娘ぉか、ちょっといってみよか、みたいな気になってまうやん。完璧なセレブでお願いしたい、いうんやったら別やけど、こういうパターンもそれなりに棄てがたいもんやで」

そないいいもって、式部丞《しきぶのじょう》のほうチラ見。

式部丞は胸んなかで、オレんちの姉妹らが最近、けっこうイケてるて評判たってんのんをあてこすってんのんちゃうか、て気にしはってか、なんもいわへん。

ふーん、どないやろなあ、て内心、光君。正真正銘、超セレブな家にかて、そんなそんな、完璧な女子やなんて、滅多にいたはらへんねんて。ふわふわにやらこい白い薄物重ねて、その上にはらっと直衣《のうし》だけ、紐結ばんと羽織って、*脇息《きょうそく》かなんかにもたれかかったはるん。火影《ほかげ》に浮かぶ姿がもう、ほんまにあでやか、男にしとくのんもったいないくらい。この光君に釣り合わせるんやったら、なんぼ、セレブ中のセレブから選んだかて、たしかにまあ、そんな女子、なかなか滅多に見つかりそうもないけどねえ。

左馬頭、光君のほうへ膝すすめて、

「ちょい前、俺、まだ官位がずっとずっと下やったころ、ちょっとええかも、て思てた子ぉがおりましたんやんか。顔は半ブサやったし、俺もまだまだ若かったから、この子ぉと添いとげよとか、そんなんはぜんぜん頭になかったんで、ちょこちょこつまむとこだけはつまんだろ、とかそんな感じで。

そしたら、この子ぉが、えっらいジェラシっこで、それがまたイヤんなってきましてね、もそっとさばけててくれたらええのになあ、て思いながら、あんまりしつこううじうじ訊いてきよんのもうっとおしいて。けど、こんなしょうもない若造に、よう見放しもしいひんとひっついててくれるもんや、て、そない思たらなんやかわいそうで、それで、こっちの浮気心もなんやおさまっとったんですわ。

その頃ちょっと思たんは、こんな風にずっとびびりっぱなしで、俺にいいなりのM女やん、どないかして脅しつけて、やきもち焼かへんようもっていかれへんか、ぎゃあぎゃあ口やかましい癖もなおらへんか、てね。

心底うっとおしがって、もう別れたがってるふりしたったら、こんないいなりの女、絶対こりごりしておとなしなるやろ、てそない思いつきまして、わざと、もう気持ち冷めて、うんざりしてる風な態度みせたったんすわ。したら、いつも通り口とんがらかしてブーたれだしよったんで、

『そんな自分勝手なんやったら、どないな深い仲でも、もう別れよ。会わんとこや。これでオシマイでええんやったら、そんな風にいつまでもブーブーいうとけや。この先々もずうっといっしょやいうんやったら、多少のショックはのみこんで、ええかげん諦めえって。そういうひねた気持ちさえなくしてくれたら、俺にしたら、どんだけカワイイか。な、これから俺も、ひと並みに出世して、ちょっとは一人前の男っぽうなっていくしな、そないなったら、お前もほら、どこへ出しても恥ずかしない、ひとかどの嫁はんやんか』

てね、われながら、うまいこと教えたった、て調子こいて吹きまくっとったら、女のほうは薄笑い浮かべよって、

『これまで、どっから見てもダサダサで、イケてへんにもほどがあるあんたの見てくれ、ずうっとがまんしてきてんで。いまさら、あんたが出世するまで待っとくらい、焦るどころか、なんちゅうこともあらへんわ。けどな、あんたの薄情さに耐えて、いつか心根、入れ替えてくれへんやろか、て、これからも、長い長い、長ーいあいだ祈りつづけて、その都度バッタンバッタン裏切られるんて、もう、マジ勘弁してほしい。ええ機会や、別れよ別れよ』

て、めっさうっとおしそうにいいよりますねん。俺、ぶち切れて、ボロカス怒鳴りつけたったら、この女もキレたら歯止めがきかんいうか、俺の指一本つかんで、思いつくそ喰いつきやがった。

『うが、こないに傷もんにされて、勤めなんかにあがれるかい。そっちがいろいろけなしてくれはった俺の官位な、これでどないして人並みに出世できるいうねん。もう縁切りや、出家や』

て脅しつけて、

『ほんじゃな、今日でバイバイや』

いうて、嚙みつかれたこの指ひん曲げて、引きあげてきましてん。

で、それっきり俺のこと見限ってまうなんて、まさか、ようできひんやろ、てたかくくって、あーだこーだ書いて送ったったんすけど、拒みはしいひんし、別にばっくれるわけでもあらへん、こっちに恥かかせへん程度に返事もかえってきますねん。
ただ、『これまで通りのあんたやったら、もう、つきあいきれまへん。こころ入れ替えて、落ちついてくれはるんやったら、またいっしょに住も』とか、いうてきよりましてんけど、そないいうても、俺とはよう別れられへんくせに、て、こっちはたかくくってますからね、もうちょぴっと懲らしめたろ、思て、『わかった、そないする』とも返事せんと、ぴんと意地張ってみせてたら、この女、嘆き悲しんで、死んでしまいよりましてね、マジ、冗談もたいがいにしいひんとあかんわ、て俺、思い知らされた、いう次第ですわ。なんでもお願いしてOKな本妻て、あれくらいで充分やったんやなあ、て、いまでもよう思いだしますわ」

頭中将、
「ほんなら僕は、ある、カワイソーな子ぉの話しますね」
ていうて、

「親もなしで、えらい心細そうでね、そやし、この僕だけが頼りやて、ことあるごとに感じさせてくれるところが、かいらしい子ぉで。ほんまのーんびりしたはって、おとなしゅうて、で、それをええことに、しばらくほったらかしで、会いにいかへんかったんっすね。

その頃、僕の本妻んとこから彼女へ、けっこうなイヤミ、ひと伝てにコショコショいわせとったんですて、いや、僕はもちろん後できいたんすけどね。

そんな事情なんて知りませんしね、気にかけてはいつつ、手紙ひとつ送るでもなく、しばらく放置したあったわけっす。そしたら、えっらい落ちこんでもうて、子どももまだまだ小ちゃいし、マジ心細かったんや思いますわ、ナデシコの花、一本折って、手紙よこしてきましてん」

いいつつ涙ぐんでんのん。

光君、

「ふうん、どんな手紙やったん」

「いやあ、内容は、なんちゅうこともない……。

『山がつの　垣ほ荒るとも　をりをりに　あはれはかけよ　撫子の露（このあばら屋

の垣根は荒れ果ててもうても、なにかの折に、お情けに露かけたってください、そこに咲いてる撫子の上に)』

ああしもた、忘れとった、てその勢いのまんま訪ねていったら、いつも通り、なんのわだかまりもあらへん様子ではあるんすけど、えらいもの思いにふけりながら、荒れた家の庭しっぽり濡らしてる露じいっと眺めて、虫の音と競争するみたいに涙こぼしたはって。それ見てたら、なんやようある物語っぽいなあ、て。

『咲きまじる　色はいづれと　分かねども　なほとこなつに　しくものぞなき(いろいろと咲いたある花の色の、どれがどうとかようわからへんけど、やっぱ〈とこ夏〉よりええもんて、そうそうはあらへんね)』

まだ小ちゃい、あのお子のことはまあ置いとき、な、もうこれからは、『塵積もる間もない』くらい通てくんで、とかなんとか言いきかせて、かろうじて彼女のゴキゲンうかがってみたんす。

『うち払ふ　袖も露けき　とこなつに　嵐吹きそふ　秋も来にけり（夜の床の塵はらうわたしの袖は涙で濡れてます。もうすぐ秋が来て、うちすてられてしまうんとちゃいますやろか）』

やなんて、さりげのう言い足すだけで、本気で恨んでる様子にもみえへんし、そおっと涙こぼすにしても、ほんま恥ずかしそうに、遠慮しいしい隠したりして、僕の薄情さをマジで恨んでるやなんて思われんのは、ほんまに心外で、がまんできひん、みたいな表情やったんで、ああそうなんや、て油断して、またまたしばらく足を向けへんようになったそのうち、跡形もなく、どこぞへ消え失せてしもたんです。

まだこの世に生きとったなら、カワイソーに、きっと落ちぶれてふらふらしてるでしょう。かわいがってた頃に、もう、うっとおしいわ、て思うくらい、向こうからデレデレまとわりついてくれとったら、こんな、行方不明みたいなことには、僕がさせへんかったのに。あんな風にほったらかしにせんと、本妻はムリとしても、そんな悪ないポジションにおいて、長うつきおうたったのに！　あの小ちゃい子ぉ、ナデシコみたいにマジかいらしかったし、なんとか見つけられへんか、探してるんですけど、いまだに消息不明っす」

頭中将、ふりむいて、

「式部丞は、けーっこうおもろいネタ、しこんでるんちゃうん。な、いうてみ」

て促さはんの。

「え、わたしみたいな下の下の身分のもんに、お話しすることなんかなーんもございませんて」

ていうても、頭中将、

「ほら、さっさと」

てせかさはる。式部丞、少し考えてから、

「ええと、そうっすねえ……とある博士に漢文習いにいってたことあるんですけど、その先生んちに、お嬢はんがぎょうさんいたはる、てききましてね、ちょっとした機会に仲良うなって、ちょこちょこ逢うとったんすわ。したら、親がそれききつけて、盃もってきはりましてね、

『漢詩にもあるやろ、〈我が、ふたつの途、歌ふを聴け〉て。さあ、さあ』

きこえよがしに結婚迫るようなことをいうてきたんすわ。こっちとしたらめんどいし、そんな熱心に通うわけでもなく、けど、親の気持ち考えたら、ちょっとまずいかもなあ、て、どっちつかずでおったんですね。

そんなんやのに、女の子のほうは、えらい気持ちこめて尽くしてくれましてね。夜中にふたり、イチャイチャしてるはずの時間にも、かしこなる勉強のコツやら、朝廷の仕事に役立つちょっとしたハウツーやら教えてくれはって。手紙もね、ひらがななんか絶対使わへん、めっさ几帳面な字の漢文で、もったいつけて書かはるインテリで。

なんや、こっちから別れるっつう感じでものうなってしもて、この子ぉをお師匠はんに、へったくそな漢文もどきくらいは書けるようにはなったんで、それはそれでまあ、いまも恩義は感じてなくはないんですけど。

こんな子ぉを、『奥方さま』にもらうやなんて、わたしみたいな無学な人間には、やっぱキツイっすやん。なんかみっともない真似してしもたらどないしよ、て、気が気やないっすし。まして、光さまや頭さまらみたいな、出世の約束されたあるみなさんやったら、こんなかっちりしたお世話役なんて、別にいりませんやん。

にしても、つまらん女やなあ、めんどくさいなあ、とか思いながら、相性だけはようて、宿縁に引っぱられてもうて、ずるずるべったり離れられへん、いうこともあるみたいですやん。男ちゅうのんは、つくづく、どうしょうもない生きもんっすねえ」

こんな風に語るん。みんな、つづきがききとうて、

「なんやなんや、そいつ」

「おもろい女やなあ」

て、おだてあげはるん。式部丞、合点しながら、

「えーと」

て鼻の頭ポリポリかいてから、

「でね、ずいぶん間ぁあいてから、ちょっとしたついでに寄ってみたんすね。そしたらいつものリラックスできる場所にはいてません。つまらんことに、もの隔てて会うことになりまして。『なんや、すねてんのか』思いました。『めんどくさいなあ』て。これって、別れるええチャンスやん、とも思いましたわ。

ところがね、さすがですわ、このインテリ女。んな、無駄なやきもちなんかやきまへん。男ってそういうもん、て道理をようわきまえて、恨み言ひとついいよりません。

口早に『月ごろ、神経痛の重みに耐えかね、極熱の草薬を服し、いと臭きにより、

なむ、対面賜らなんだ。目《ま》のあたり、ならずとも、さるべき雑事あれば、うけたまわりましょう〜』てね、もったいつけて。いや、エライもんですわ。こんなん、なんてこたえます？　ひと言、

『あ、了解』

だけいうて、さっさと逃げよ、て立とうとしたら、ちょっとがっかりしたんでしょうね、『この香が失せむ時、また、立ち寄りたまえ〜』てね、高らかに呼ばはりますねん。このままほっといて出ていくんもなんや気まずいけど、そうはいうてものんびりしてられるシチュエーションでもないですし、さらに、その『香』がね、もう目がチカチカするくらいきつう立ちこめてまして、もうムリで。目線およがせながら、

『ささがにの　ふるまひしるき　夕暮に　ひるますぐせと　言ふがあやなさ（蜘蛛が巣う張ったら、誰か来る、ていいますやん。そんな夕暮れに、ひるまっすか。にんにくっすか。失せるまで待てって、そんな冗談を）どんな言い訳やねん』

言い終わらへんうちに猛ダッシュで外でたら、声が追っかけてきまして。

『あふことの　夜をし隔てぬ　仲ならば　ひるまも何か　まばゆからまし（夜ごとに逢うてる仲なんやねんから、ひるまのにんにくタイムも、どうぞ。お待ちしてますえ）』

さすがインテリ、頭だけはようまわるな、と」

て、しれっと語ってお辞儀しはる。

チャラ男一同も呆れて、

「嘘つけえ」

ゲラゲラ笑ったはって。

「どこにいてるか、そんな女」

「鬼のほうがまだかわいいわ」

「もう、マジきしょいって」

爪ぴんぴん弾きながら、式部丞にブーイング。

「もそっとマシな話ないのんか」

て注文しはんねんけど、式部丞、

「これ以上のネタ、あるわけないっしょ」

てすましたはるん。


ようやっと空も晴れて。こないずうっと宮中にとじこもったまんまなんも、左大臣家のみんなにも悪いし、光君、今日はおやしきへ帰らはります。

おやしきじゅうの雰囲気、葵サンの物腰、もろにセレブでお上品。どこもかしこもぴしっと折り目ついとってね。

「ふーん、こういうのんがまあ、あのチャラ男らみんな、捨てがたい、捨てがたい、てしつこういうてた、セレブな女子の条件なんやろな……けどなあ、あんまりきっちりしすぎてんのんも、ちょっとなあ、いたたまれへんいうか……」

て、隙あらへん葵サンの様子に、光君のほうで気づまりに感じたはる。

気晴らしに、中納言《ちゅうなごん》の君やら中務《なかつかさ》やら、イケてる若女房らに、宮廷ジョーク飛ばしながら、ふー、て暑さに着乱れて休んだはる、その光君の色っぽさに、女房ら、胸ズキュン、で見とれたはんの。お義父はんの左大臣もわざわざやってきて、光君のくつろいだ様子にホッとして、几帳へだてて座らはって、いろいろ話しかけはんのんを、

光君、小声で、

「ホンマ、あっつくるし」

女房らくすくす笑い。

「やかましいって」

て光君。脇息にもたれはって。このへんは余裕ていうか、年若に似合わんと、ゆったりかまえたはんの。


で、だんだんと暗うなってきてね。

「エー、この左大臣家ですけど、今夜は、宮中からみたら中神《なかがみ》の物忌みにはいってて、方角が、ふたがっておりますう」

て従者。そやのん。こっちって、物忌みのときには、いっつも避けなあかん方角にはいんのん。

「ええー。二条院《にじょういん》に帰るにしても、結局おんなし方向やしなあ。うーん、*方違《かたたが》えか、マジかったるいなあ」

いうて、ふとんかぶってしまわはる。

「あきまへん。シャレになりまへんて」

て、みんなが口々に。

「ああ、そないいうたら、紀伊守《きのかみ》さまていう、最近この家に、しょっちゅう出入りしたはる若いおかたがいやはるんですけど、中川のあたりのお屋敷で、川からお庭に水ひかはって。そこの木陰がえらい過ごしやすいそうですわ」

「ええ感じやんか、それ」

と光君。

「めんどくさいし、クルマでそのまま突っこんで入れるとこやったらええな」

まあね、「彼女はん」のいてるところでもよかったら、他になんぼでも候補はあるんやろけど、ひさびさに奥さんの実家へ戻ってきて、で、方違えにかこつけて、いきなり別の女子んとこしけこみはって、とか、左大臣家のひとらに思われるんは、光君にしても、主義に反するんやろね。

で、その紀伊守呼んで、そっちいってええやろ、て頼まはって。したら、いったんはOKしはってんけど、陰へ引っ込んでから、

「いやー、困ったわ。おやじの伊予守《いよのかみ》んとこで忌みごとがあって、女房ども、大挙し

てこっちへ来とんのに。えらい手狭になってるし、失礼があったらどないしょ……」

　て、こそこそ心配してるのを耳にしはって、

「だから、それがええねんて」

　て光君。

「女子抜きの外泊て、なんか、ぞっとしいひんか。な、その子ぉらがいたはる几帳のうしろで寝かしてや、頼むで」

「ほんなら、ええ様にやらせてもらいますわ」

　て、紀伊守、お屋敷に使いを走らさはって。で、光君、そおっとお忍びで、思いっきり地味なところへ移るで、て、急いで出発しはるん。義父の左大臣に、挨拶もしいひんと。とくに気の知れたお供だけ連れていかはんねん。

「あ、え、えっらい早いお着きで」

　て、紀伊守、眉しかめていうねんけど、だあれも相手にしいひん。

　寝殿の東面開け放さはって、間に合わせのお部屋をしつらえたあるん。遣り水の風情なんか、それなりにええ感じに作ったあって。田舎風の柴垣たてて、前栽やなんか、工夫して植えこんだあんねん。風は涼しいわ、そこはかとなく虫の声ひびいてるわ、蛍もあっちこっち飛んでるわで、けっこう悪うない雰囲気なんやんか。

お供のみんな、渡殿の下から湧きでてる泉を、覗きこめる辺りでお酒飲んでるん。

紀伊守は肴の支度にぱたぱた動きまわっとって。

光君のんびり眺めながら、チャラ坊らが「中の品」とかゆうとったんは、たぶん、こんな感じの家なんやな、て思いだしたはんのん。

ここにいてる子らがまた、えらいかいらしいん。宮中でよう見かける子も、ちらほらいたはるし、伊予守の子もいてるん。

ぎょうさんいたはるなかに、風情がとくにあでやかな、十二、三歳くらいの男の子がいててね。

光君「どこの子ぉなん」

紀伊守「ええ、これはですね、亡くなった衛門督《えもんのかみ》の末っ子で、督にえらいかわいがられてたんですけど、まだ小ちゃいときに死に別れて、で、上の姉との縁で、この家へ来とんどす。頭も悪うないし、なかなか見込みもありそうで、殿上にあがらしたったらとか思てますねんけど、なかなかそうスパッとはいかへんもんでして」

「不憫な子ぉやね。えーと、つまり、この子のお姉ちゃんが、おやじさんの再婚相手、つまりお前の、いまの義母てことになんのか」

「そないです」

「えー、お前と同い年くらいやろ、それでお義母はんて。帝さまも前にいうたはったわ、『衛門督が娘を宮仕えに出したい風なこというとったが、あれは、どないなったんやろな』て。世の中、わからんもんやなあ」

えらい大人っぽいこといわはって。

「ほんま、思いもよらへんことで」

て、紀伊守。

「まさか、おやじの嫁さんにならはるとは。今も昔も、世の中はわからしまへん。男女の仲、とくにおなごの定めは、浮き草みたいなもんですし」

「お父はんは、若奥さん、かわいがったはんの。女王サマ、みたいな感じで、ちやほやしたはるんちゃうん」

「マジ、いわはるとおりで。下僕みたいに、あがめたてまつってますわ。わたくしも含めて、ほんま、おやじ、ええ年こいて、なにエロいことやっとんねん、て……」

「ふうん、けどな、なんぼ若うて、年相応やいうても、お前におろしてはくれはらへんで。あの伊予守、チョイ悪、気取ったはるしな」

いろいろだべらはったあと、

「で、いまはどこなん」

「おなごらみんな、下屋《しもや》へおろしましたんですけど、まだ居残ってるかもしれまへんな」

酒の酔いが進んで、供人らはみんな縁側の簀の子に臥せったまんま、寝静まってもうてね。

光君、なんや気が張ってぜんぜん眠たならはれへん。目もさえてしもて、ああ、退屈ちゃなあ、て布団の上でごろごろしたはるうち、すぐ北の襖のむこうから、ごそごそ、ひとの気配がしてきたんやんか。

「うん……あれってひょっとして、さっき紀伊守がいうとった、伊予守オヤジの、若い、嫁さんちゃうんか。あの、かわいそうな……」

気になってもうてね、そおっ、と起きだして、廊下で立ち聞きしはるん。したら、ちいちゃい男の子の、かいらしいかすれ声で、

「なあ、なあ、どこにいたはんのん？」

「ここや、ここ寝てるえ」

て返事。眠たそうな、ぼやっとした声が、なんやよう似たあるし、そうか、お姉ちゃんと弟か、て光君、気づかはるん。

「お客さん、もう、寝はったんか？　けっこう離れたお部屋なんやんな、近いとこや

のうて、ほっとしたわ」

　弟はひそひそ声で、

「あっちのな、ひさしのあるおへやで、寝たはるん。えらい男前てきいてたけど、ほんま、めーっちゃ、イケメンやったで！」

「あそう。ま、お昼間やったらね、ちらっとでも、のぞきにいくんやけど。ふわーあ」

　ふとんかぶってもうたんやろね、ねむたそうな声が、もごもご聞こえてくるん。なんや、おんなっ気より、眠気かいな、て光君は肩すかしな気分。

「ぼく、このすみっこのへんに寝ててええやろ。うーん、暗いなあ」

　弟は、灯りをごそごそ動かしたりしてる。ふうん。ちゅうことは、むこうの彼女、襖あけてすぐの、筋向かいのへんで、いま横になったはる、いうことか。

「……ちょっと、中将の君はどこなん？」

　て彼女の声が女房を呼ばはるん。

「そばに誰もいてへんて、ちょっと、こわいねんけど」

　廂《ひさし》に寝てる女房たちの返事。

「下屋に、お湯浴びにいってて、もうちょっとしたら帰る、思います……」

薄闇の沈黙。

……みんな寝てもうたみたい。襖の掛けがね、ちょっとつまんであげてみたら、なんと、むこうから掛けてなくって、すう、て開くやん！　几帳をたてたあるむこう、のぞいてみたら、薄暗いなかに、唐櫃がいくつも置いてあって、ごちゃごちゃしてるそのあいだを、抜き足さし足ではいっていったそこに、小柄な彼女が、ひとりだけ、ちんまり寝たはるん。

「……うーん、なに？」

上にかけてる薄衣を、光君が押しのけるまで、女房が帰ってきたもんや、て思いこんだはんの。

「さっき、中将の君、て呼ばはったでしょ」

て光君。

「ぼくもね、位がね、中将いうたら中将やねん。いつか逢いたい、て、陰で思いこがれてた、その甲斐があったんかな」

「え！」

なにがなんやらわからへん。なんや、へんなもんに襲われる！　怖うて、声あげようとしはんねんけど、薄衣が顔にかぶさって、ぜーんぜん外まできこえへん。

「いきなりやしね、チャラいナンパや、思われても、そらしゃあないけど……」

て光君。

「ほんまのほんまに、ずうっと前から気になってたん。ふふ、信じられへんて？　でもな、待って待って、待ち望んで、それで僕ら、実際こないして逢うてるやん、なあ、これって、運命やとおもわへん？」


鬼までとろっとなりそうな、光君の、和やかなものごしに、伊予守の若奥さん、空《うつ》蟬《せみ》にしてみても、「だれか！」て、叫ぶのん、気ぃひけてもうて。

でも、ア、あかんあかん、こんなんマジであかんし、て思いなおしはって、

「ひとちがい、しはってますえ」

息きれぎれの、かぼそい声。ドキドキ取り乱したはる様子が、気の毒を通り越して、めっちゃかいらしいいん。

「んなてんご*、いいないいな……」

と光君。

「ぼくのまっすぐなきもちを、そんな風にはぐらかさはって。ね？　なあんも、へんなこと、しませんて。ぼくのこの、ほんまのきもち、ちょっときいてほしいん、ただ、それだけですやん……」

小柄でかいらしい彼女を、ふわっとお姫さま抱っこ。襖の前まで戻ったところへ、さっき彼女が呼んだはった、女房の、中将の君が、むこうから歩いてくるん。

「お」

て光君。

え、誰？　あやしがった女房、手探りで近づいてくるん。闇に満ちたええ香りが、ふわっ、と顔にくゆりかかる。この匂い……えぇッ、光源氏さまッ？

あれ困ったおやさてどないしょ！　慌てまくってことばもあらへん。しょうもない相手やったら、無理くりひっぺがしたるところ。いや、もしそやったとしても、ぎょうさんのひとらにきこえてもうたら、せんないし。

光君、彼女抱きあげたまま、奥の寝間へと、はいっていかはって。

「明け方に、おむかえ、たのむな」

うじうじ廊下を付いてきた女房の鼻先で、襖がぴしゃり！

ああっ、て空蟬。女房らに、不倫やて、思われてまう！　恥ずかしすぎて死ぬ！

流れるくらいの汗かいて、ほんまつらそうにしてはんのがまたかいらしいん。いつものように光君は、どっから出てくるんやわからへん、情愛たっぷりの口説き文句、えんえんつないでいかはるん。けど、やっぱしねえ、

「ウソ、ウソ……わたしみたいなもんでも、わかります。こんなセクハラ、これっぽっちの真心もあらへん！　ひとは、それぞれの、際《きわ》をこえたらあかんのとちゃいますか」

　無理くりな口説きに、心底困りきって、思いつめたはる空蟬の様子に、光君も、ちょっとはきまりわるいん。

「その、際、ね。際と際。それを破るんもまた初めて、どっきどき。ね、そのへんのおっさんらと、いっしょにせんといてください。ぼくのことときいたことないです？　自分勝手に、ひとを好きになったことなんか、一度もあらしませんのに……うん、これって、ぜったい運命なんやわ！　そっちがドン引きしてしまわはるくらい、ぼくもドキドキ動転してもうて、自分でもマジにどないしたらええもんやら……」

　まじめな口調で、いろいろいわはんねんけど、あまりにすごい男前に、やっぱり気ぃが引けて引けて。「最後」まで、いってもうたりしたら、わたしは絶対みじめになる。つまらへんおんな、て、たとえ思われたとしたかて、そっち方面はぜんぜん奥手

で、なーんもわからんふりしてよ！

　もともと柔らかなたちの彼女が、気丈に、強うかまえたはんの。まるで「なよ竹」。かんたんには折りとられへん……。

　けど……。

　空蟬、泣いたはる。光君の、勝手そのもののふるまいの末。こころも、シクシク、やましすぎて。

　ちょっとかわいそうやったかなあ、光君、そう思ってみやりながら、いや、でも、やってへんかったら、いまごろ絶対、後悔してるし。


　光君、このごろは、左大臣家にばっかしこもったはって。あれ以来空蟬とはなんのやりとりもあらへんし、きっと、しんどい思いしたはんのやろなあ、て思いやって、で、紀伊守を呼び出さはってね。

「方違えのとき屋敷にいてた、男の子おったやろ。衛門督の子。あの子、かいらしいし、僕のそばで仕えさせよかなあ、て。帝さまにも僕からそないゆうとくし」

「そらまた畏れ多いことで」

　て紀伊守。

「例の姉にちょおきいてみますわ」

光君、きゅん、て胸が騒ぐんをおさえて、

「ふうん、そのお姉ちゃんて、お前のお父はん、チョイ悪の伊予守とのあいだに、お子はいたはらへんの」

「いてますかいな」

　と紀伊守。

「ここ二年ばかし、連れそってはおりますけど、亡くならはった父親の期待に背いて、宮仕えもできひんと、あんなおっさんの後妻になってもうて、て、不満でたまらんらしいでっせ」

「かわいそうになあ」

　と光君。

「なんや、えらいべっぴんさんてきいたことあるけど、ほんまかな」

「え。ああ、まあまあちゃいますか」

　て紀伊守。

「うちらとは距離おいて、馴染もうとしまへんのんで、世間のいいぐさしか存じまへんけど」

で、五、六ん日経って、紀伊守が、その男の子連れてきたん。完璧な美少年、ていうわけやないねんけど、物腰はたおやかで品がようて、典型的な、ええお家のぼん、て感じ。光君、そばに呼ばはって、

「チー君、チー君」

て、ほんまやさしいに話しかけてあげはって。男の子も、こどもごころに、うわあ、ご立派やなあ、て。光君、もちろんおねえちゃんのこと、あれやこれやと訊かはってね。

こたえられることはなんとかおこたえしつつ、「チー君」が、こっちが気恥ずかしいなるくらい落ちついてるんで、光君も、ほんまにいいたい用件がなかなか切りだせへんのん。それでも、なんとか空蟬と自分の関係を、うまいこと言いふくめはるん。チー君にしたら、ええっ、光さん、おねえちゃんと、そんなことあったんや、て、思いもよらへん流れやねんけど、おさなごころに深く詮索もしいひんと、光君に頼まれたまんま、お手紙もってね、おねえちゃんとこへ。

空蟬、まさかこんなことが、てびっくりしすぎて、涙ぐんでもうて。弟がどない思

てるかもきまり悪いし。けど、それでも、ちらっとでも読んでみたい気持ちには勝たれへんで、顔かくすみたいにお手紙ひろげたん。

こまごまといろいろ書いたある文末に、

「見し夢を　あふ夜ありやと　なげく間に　目さへあはでぞ　ころも経にける（こないだ見た夢が正夢になってまた逢える晩が来いひんか、そない嘆いてるあいだに、まぶたも閉じあわず、幾晩も過ぎてしもたね）　ほかの歌にもあるやん、『寝《ぬ》る夜なければ』て」

立派すぎてまぶしいて、目が痛いくらいの筆跡に、霧みたいに涙もにじんできて。じじむさい地方官の後妻に落ちてから、光君みたいなセレブとこないな関係になる、そんなふしぎな宿運にまきこまれた身の上を思て、そのまま倒れ伏してしまわはって。

次の日、チー君、光君からお呼びがかかって参上しんなあかんし、空蝉に、

「なあ、おねえちゃん、きのうの返事くれへんかなあ」

「あんな手紙、誰もみたはらしません、て、そないお伝えしい」

て、空蟬。

チー君にっこりして、

「なにいうたはんのんな。おねえちゃんのことやで、人違いなんかしたはらへん」

空蟬はうしろめたいねん。あのひとはこの子に、なにからなにまで打ち明けてしまわはったんか、そない思たら、つろうてしゃあないん。わざと不機嫌そうに、

「いやや、そんなませたこというて。そないやったら、行かんでええし」

「えー、そんなん無理やん。光さんからのお召しやねんで」

結局、チー君、手ぶらで参上。

紀伊守て、根がスケベでね。継母の空蟬の身の上、もったいないなあ、て思て、ご機嫌とりのために、チー君のこと大事そうに連れ歩いてんのん。

光君、そのチー君をそばに呼ばはって、

「きのう、待ちくれとったんやで。僕が思てるほど、きみはぜーんぜん、僕のこと思ってないんやね」

て難癖つけはんので、チー君、顔真っ赤っか。

「で、どやったん、お姉ちゃんのほうは」

てきかれて、これこれこう、て説明したところ、

「なーんやねんそれ。頼りにならへんなあ」

そないいわはって、また手紙渡さはるん。

「チー君は知らんやろな。でもな、あの伊予のじいさんより、僕のほうが先にお姉ちゃんとでけとったんやで。そやのに、僕が頼りないし首ほっそいしで、お姉ちゃん、あんなみっともないおっさんと連れ添うて、僕をバカにしとんねん。でもな、きみは僕んとこの子ぉでいとってや。頼みにしてるあのじいさん、どうせもう、先長うないしな」

こんなこといわはんのを、チー君、

「へー、そうなんや。そら、えらいこっちゃあ」

てマジに受けとってんのを見て、光君、陰でウケたはるん。

うつせみ

それからしばらく、空蟬のほうでもばつ悪うて、なにかと気にかけたはんねんけど、光君からの音信、ぴたっと絶えてもうて。

「もう、懲りはったんかな」て空蟬。「このまんま自然消滅かあ。ふう、なんかなあ……でも、またあんな、ごりごりのセクハラもかなんしなあ……ウーン」

ひとりでいろいろもの思いにふけったはるん。

光君としたら、ハ！　しょうもない女！　とか、ぶつくさいうてるくせに、あきらめがつかへんのんね。このまま引き下がってもうたら、僕、みっともないやん、て。

で、またチー君に、

「なあ、もう、しんどおてたまらん。無理に忘れようとしてんのに、こころがいうことをきかへん。な！　たのむし！　どないかして、お姉ちゃんとセッティング、な！」

ややこしいこっちゃけど、こんな風に、気安う声かけてくれはんのが、チー君としたら、嬉しいてたまらへん。

こどもごころにも、

「いつ、どこで、どないして……」

てタイミングはかってるうち、紀伊守が、紀伊の任地へ帰ってもうたとの知らせ。あのお邸《やしき》は、いま、女ばっかしやって。のんびり落ち着いた夕闇にまぎれて、カタコト、カタコト、チー君、自分のクルマに光君のせて、邸内へご案内。

まだこどもやのに、だいじょうぶかな、て光君。けど、そんなんいうたかて、もたもたしてられへんしな。目だたへん格好で、

「もうじき閉門やで、急ぎや」

ひと目の少ないあたりで、クルマからお邸へ。相手がこどもやし、警備のひとらも、ぜんぜん気に留めへんから好都合。チー君、東の妻戸んとこで光君に待っといてもろて、自分は南の隅の間から、わざと格子《*こうし》たたいて、大声あげて、ずかずかはいっていくん。

女房らの声、

「あ、あけっぱなし。外からまるみえになってまいますよ」

「こんなアツイのにい」

てチー君、

「なんでしめきったあんのん？」

女房こたえて、

「お昼から、紀伊守様の妹さんが来はって、お姉さまと、碁をうったはります」

ふうん、て光君。碁盤相手のまじめな顔、ちゅうのも見てみたいもんやね。そっと前に出て、簾《すだれ》のすきまにはいりこまはるん。格子はまだあけてあって、じりじり西のほうへ目を移していったら、暑いしやろね、屏風の端が、ええ感じに畳まれてあんの。風が通るよう、目かくし用の几帳も横木にひっかけてあって、広々、ぜーんぶ見渡せるん。

碁盤のそばに灯。あの柱んとこや、横向きになって、いたはる、いたはる。光君、そっと覗かはるん。濃い紫の綾織りのひとえか、上になんかふわっとはおって、ほっそり頭の小柄な彼女が、地味ななりですわったはる。碁の相手にも、まともに顔がみえへんよう気ぃつけて、細いほそい手首まで、きっちり袖に隠して。

もひとりは東向きやし、真正面からぜんぶ丸見えなん。白い薄物のひとえに、ふた藍の小袿《こうちき》ぞろっとひっかけて、赤い袴の腰紐のへんまでおっぱい丸出し。みるからに、あけっぴろげな子ぉなん。

めっちゃ色白。ぷりっぷりのかわいこちゃん。大柄で、頭、おでこはぱっとして、目鼻立ちも、なんや外人さんみたいに派手な感じなん。髪は、「ふさやか」いうん？　そんな長いわけやあらへんけど、顔の横らへん、肩の前までおろしたある毛が、てーっ、てまっすぐ光っとって、どこにも欠点がみあたらへん美人さんや。

ふふん、なーるほど、て光君。あの伊予守が、特別な娘、て自慢しよるだけのことはあるわ。ま、欲をいうたら、もちょっと落ちつきがほしいかなあ。

センスが、ないわけやない、みたいな。陣地つくってすぐ、さっささっさ、碁盤の「ダメ」を詰めながら、けらけらはしゃいだはって。いっぽう、奥にすわった空蟬のほうは、「ちょい待ち。そこはあいこでしょ」て、あくまでクール女子。

チー君が出てみたら、光君、渡殿の戸口にさっきからずうっと寄りかかったはって。ああ、ほんま、もうしわけない！

「ゴメンナサイ。ふだんいいひんひとが来たはって、近くへ寄れへんのです」

「えー、今晩もすごすご帰れてか？　情けなさすぎやろ。ありえへんで」

「ちょお待ってください。碁の相手があっちの部屋へ帰ってから、僕がなんとか、やってみますし」

ふーん、て光君。そこまでいいよるからには、うまいことといくかもしれへん。こどものくせに、空気よんだり、顔色みたり、冷静なやつやからな、チー君て。

碁はもう打ち終わったみたいで、衣がひらひらそよめく気配して、みんな三々五々散らばっていかはるみたい。

「チー様、どこいたはりますう？　はいってきはった格子に、掛けがね掛けときますしい」

カチャリ。

「……寝静まったみたいや」

て光君。

「行け、チー君、うまいことやってこい」

ほんまのところチー君は、お姉ちゃんの性格よう知ったはって、お部屋デートなんかマジありえへん、てわかってんの。そやし、ひと気が少ななった頃あいに、光君、部屋へ呼びこむだけ呼びこんで、あとはもう、とか思たはんの。

「さっきの、紀伊守の妹も、ここで寝てんのんかな。ちょい覗かせてくれる？」

「無理にきまってますやん！ 格子はあるし几帳も立ててありますし」

フフ、そらそうや、て光君。けど、顔はもう、さっきこっそり確認済みやし、て内心おもろがったはるん。でも、そのことは言わんとこ、こんながんばってくれてる、チー君に悪いし。そない思いつつ、夜が更けてくるじれったさを、こそこそ話したはる。

チー君、今度は妻戸を叩いて、なかへはいるん。しぃん。女房らはもうみんな寝入ってて。

「ええと、暑いなあ。僕、今晩はこの、戸口に寝よかな。ええ風吹いてほしいなあ」

いうてチー君、薄い敷もんひろげて、ごろん。女房らはおおぜいが、東の廂の間で寝たはるらしく、さっき妻戸あけてくれた童女も、そっちのほうへいって横にならはったみたい。ちょっとの間、うそ寝してから、灯《ひ》の明るいほうへ屏風ひろげて、灯火のほのかに照らすあたりへ、そっと光君を招きいれはるん。

どやろ、ヤバないかなこれ。そない思わはって、めっちゃ腰ひけつつ、チー君の案内のまんま、母屋の几帳の帷子《かたびら》ひきあげて、そおっと静かにはいろうとしはんねんけど、みんな寝静まったあとの、夜の衣擦れの音が、やらこい絹だけに、かえってはっきり響きわたんねん。

いっぽう、部屋のなかの空蟬。

光君からもう、なんもいうてきはらへんのを、あーもう、せいせいしたわ、て思いきりつつ、あの普通やない、夢みたいな夜の逢瀬が、こころに染みついて離れへんの。そやし熟睡できひんし、昼はぼんやりもの思い、夜は夜で頭がぐるぐる冴えてもうて、春の木の芽、やのうて、この目ぇの、休まる暇がぜんぜんないんやんか。反対に、さっきまで碁の相手しとった美人さんは、今晩泊めてえ、て居座らはって、ぺっちゃくちゃしゃべり通しで、疲れて、隣でスースー寝てもうたん。

ああ、ほんまによう眠ったはるわ。

と、そこへ、衣擦れの音。かぐわしい匂いが、ふんわり、闇のむこうから寄せてきて。え？　て、顔あげてみる。ひとえの着物を掛けといた几帳の、まっくらに開いた隙間に、にじりにじり、迫ってくる気配がびんびん。

アカン、光の君なん、アカンアカン！

とっさのことで、考えの整理もつかへん空蟬、すっと起きあがると、生絹《すずし》の単衣《ひとえ》だけ羽織って、外へ、滑りでていかはるん。

はいってきた光君、

「お、寝たはる寝たはる、ひとりやん」

隣の長押《なげし》の下に女房がふたり寝てるけど、そんなんは完無視。上にかけたある衣押しやって、いそいそ添い寝しはる。

「うん？　なんか、前よりむっちり」

まさか別人とは思わはらへん。ぐうぐう寝入ってる様子からして、なんか、前のときとはぜんぜんちゃうし、じっくり見直してるうち、相手が誰か、だんだんにわかってきはるん。

「あ、しもた、やられたわ！　けど、人違いしたて感づかれるのんもかっこわるいし、この子ぉもへんに思うやんな。最初っから狙てた相手はあっちやけど、こんなに逃げようっちゅう気まんまんなんやったら、たずねてきてもしゃあない。はは、僕、あほみたい。

この子、さっき灯影《ほかげ》にみえたはったべっぴんちゃんやんな。ま、それはそれでかまへんか」

て、これはちょお、光君、チャラすぎ、非道すぎなんとちゃいますか。

ようやっと目覚めはった女の子、軒端荻《のきばのおぎ》、ていうねんけど、なにがなんやらわからんと、ただただ、びっくりしたはんのん。この子は別に、とりたてて深い考えや、いじらしいこころづかいがあるわけやないいんやんか。けど、男女のこと、あんまし経験がないわりには、いろいろとものわかりがええ子で、ガキんちょみたいに、うろたえて騒がはらへん。

光君、自分の正体は秘密にしとこ、て思わはんねんけど、「あとあとでこの子が、なんでこんなことに、て考えたとする……僕にとったらそんなん、どうでもええねんけど……ただ、あのクール女子なあ、あんなに世間体気にしたはんのに、僕とのこと、この子に気づかれてもうたら、ちょっとかわいそうかもしれへんな」

そう思いなおして、べっぴんちゃんの耳には、

「じつはな、君に逢いとうて、ここまで来てもうてん。方違えはぜんぶ口実で」

て、いつも通りの舌先芸。筋道たてて考えたらわかりそうなもんやけど、そこはまだおぼこい子ぉやし、小生意気なところはあっても、まだそのへんまでは思いあたらへん。かわいげがないわけやないけど、ま、本気でのめりこむ相手とはちゃうわ。

光君、内心で、

「あーあ、しゃーけど、この仕打ちって、あの子、やっぱひどすぎなんちゃうか。ど

こ隠れて、僕を馬鹿にしたはるんやろ。あんなきっつい性格、ほんま、ありえへんわ」

て、ぶつくさいいながら、結局、よう思いきらはらへん。反対に、目の前にいてるべっぴんちゃん、軒端荻の無邪気さ、ぴんぴんの若さのほうに、だんだんと気がうってきはって、さっきより気持ち込めて、そおっと、指と指つないで。

「公認より、秘め事のほうが盛り上がる、ていうやん、昔から。忘れなや。僕な、ちょっとした、はばかりごとが、なくもないんで、思いどおり、好き勝手に、ふるまうわけにいかへんねん。そっちもまわりに、いろいろ気むずかしいひとらが、いたはるやろし、そない思たら、ああっ、胸いたいなあ。じゃあね。忘れんと待っといてや」

とか、また、適当なことをつらつらと。

軒端荻、疑いもしいひんと、

「よそのひとらが、なんて思わはるやろ。ああ、恥ずい。手紙とかウチ、ムリやから」

「別に、わざわざ大勢に知らせることあらへんやん。こっちから、あの小ちゃいセレブくんに、伝書鳩みたいにことづけるから。それとのういといてや」

とかなんとかいうて、さっき空蟬が脱ぎすべらせた薄衣《うすごろも》ひろて、部屋から出ていかはんのん。

チー君、すぐそこに寝てて。起こしたら、気になっててんやろね、ガバッて飛びおきて。

妻戸、そおっとあけたら、年増の女房の声でむこうから、

「誰やっ！　そこにいてんのんは」

おおげさな口調できいてくるん。

チー君、うわ、めんどくさ、て思いながら、

「あの……ぼくやけど」

「はあ、こんな夜中に、なにフラフラ出歩いたはりますねん」

て、世話焼きな様子で戸口のほうへ来よります。

マジ、かなんねんけど。

「なんもないて。ちょっと外でたいだけ」

ていうて、光君の背中うしろから押し出さはんの。暁近くの月の光、まわりじゅう隈なく照らしとってね、そのひとかげも、くっきり浮かんでて。

「もひとりいはんのは、どなたで……」

てきいたそばから、

「ははーん、あんた、民部《みんぶ》のおもとはんか。おー、もっともっとの身の丈やな」

背がえらい高いせいで、いっつもからかわれてる女房のこと、いうたはんのん。チー君がその女房連れて歩いてるて勘違いして。

「もうじきに、おんなじくらいの背丈に、育たはりますえ」

そないいいもって、自分もこの戸口から出てきはるん。光君、ヤバ、て思いつつ、まさかなかへ押し戻すわけにもいかへんし、渡殿の戸口にぴたっと身ぃ寄せてかくれたはんねん。

そしたら、その年増がつつって寄ってきて、

「おまはん、今夜は上の間へお詰めかあ。うちな、一昨日からおなかこわしてもうて、どないもこないもならへんし、きのうまでずうっと下へ詰めとったんや。やのに、人手不足いうことで、ゆうべ上に召されてしもて。けど、けど……もう限界」

て、ぶつぶつ泣き言こぼし、こたえもきかへんうち、

「うあ、おなか、おなか、おなかあああ。ほなあとで」

て、ダッシュで消えはんのん。

光君、ようやっと外へでられて、ほっと息つかはって。やっぱ、こういうフラフラな夜這いて、ヤバさと隣り合わせやって、これで、こりごり思い知らはったんやった

らまあ、ええねんけどね。


チー君クルマの後部席に乗せて、二条院の、自宅に到着。この夜の流れ、いちいち振り返って、

「まだやっぱお子ちんやな、自分、詰め甘いわ」

てひと刺し。フラれたあのクール女子のこと、ピシピシ爪はじきながら恨んだはんのん。チー君、気まずうて、なーんもよういわれへん。

「そんなにもイヤなんかな、マジで、この僕が。ああ、しゃれならん落ちこむ。逢うてくれへんまでも、せめて、やさしいことばひとつ、かけてくれはっても罪にはならんやろ。この僕が、伊予守のおっさんに負けてるてか」

とか、ぶつくさこぼしたはんのん。

とかいいつつ、拾てきた薄衣、寝間着のふところに入れておふとんへ。チー君すぐそばに寝かして、ぶつぶつ文句ぶつけるか思たら、急に甘ったるいトーク、耳もとでささやいてみたり。

「おまえは、ほんまかいらしいなあ、けど、あの氷女の弟やろ、この気持ち、ずうっとつづくんかなあ、どうなんやろなあ」

真顔でそんなこといわはるし、チー君としたらほんま、いたたまれへんねん。しばらく横んなったはんねんけど、ぜんぜん寝つかれへんのん。思いついて、急に硯持ってこさして、真剣なラブレターいう感じでもない、懐紙にさらさら、いたずら書きみたいに書き流さはるん。

「空蟬の　身をかへてける　木《こ》のもとに　なほ人がらの　なつかしきかな（抜け殻だけ残して、蟬が飛んでってもうた木の下に立ったまんま、僕の前から消えてしもたひとの気配を、まだ、なつかしく思いだしてんねん）」

書かはったその紙、チー君はそおっと、ふところにしもて。

光君、べっぴんちゃんの軒端荻のことも、あの子もかわいそうにな、いまどないしてんのやろ、て、ふと思いださはんねんけど、イヤイヤ、て考えなおして伝言も手紙もよこさはらへん。拾てきたあの薄衣、手近にもってきてしげしげと見たはる。そばに寄せると焚きしめたお香や、なつかしいあの夜の気配がそこはかとなく漂ってきて。

チー君、あっちのお邸へ。おねえちゃんの空蟬が待ちかまえてて、きっつぃお小言。

「ほんま、かなんかったわ。あの場はどうにか切り抜けたけどな、ひとの噂に戸はたてられへんねん。わかる、あかんもんはあかんねんし。それにあのひと、あんたみたいなおぼこい子ぉのこころのケアなんか、なあんも考えたはらへんのんとちゃう」

チー君、あっちからもこっちからもブーブー文句いわれて、立つ瀬あらへん。ふところからあの、書き流した懐紙とりだして、おねえちゃんに渡すん。

空蟬、さすがに、見いひんわけないやん。

うわあ、あのとき脱ぎ捨てたわたしの薄衣、伊勢の海女さんみたいに汗じみて、くしゃくしゃやったんちゃうのん！

考えるだけで、とっちらかってもうて、もうドッキドキ。

ところで、軒端荻のほう。どうもこうもきまりわるうて、西の対《たい》のお部屋へ帰らはるん。誰も知らへん秘密の逢瀬やん、たったひとり、ぼんやり考えにふけりはって。

チー君の、お邸に出入りする足音きくだけで「もしかしたら」て心臓バクバク、けど、なしのつぶて。実はひどいことされた、て思い当たる思慮もあらへんし、世慣れたつもりのこころに、どうしようもなく寂しさがこみあげてくんのん。

空蟬は、自分の気持ち静めて、光君のこと、受け入れはしいひんねんけど、懐紙の歌からして、そんなチャラチャラしすぎてるわけでもなさそう、て思い直さはって、もしわたしが未婚で、ただの娘やったころの身分やったらなあ、けどもう、取り返しはつかへんけど、て、そんな風に考えてたら胸いっぱいになってきて、チー君がもってきたあの紙の隅に、

「空蟬の　羽《は》におく露の　木《こ》がくれて　しのびしのびに　ぬるる袖かな（ぬけがら蟬の羽の上で、光る露みたいに、木陰にそっとかくれて、わたしの袖もぐっしょり濡れております）」

夕がほ

六条御息所《ろくじようのみやすどころ》のお邸へ、お忍びで通たはったころ、内裏から出てツーッといく途中、乳母やった女のひとがえらい大病しはって、尼さんになったはる、てきいた光君、五条あたりにあるその家を訪ねていかはんのん。

クルマがはいれそうな門は鍵したあるし、その乳母の息子で、乳兄弟の惟光《これみつ》クン、家んなかから呼んで、待ったはるその間に、ボロボロにさびれた五条大路の様子を見わたさはってね。

と、この家のねき*に、檜垣たらいうもんさっぱりこさえて、上のほうは蔀*《しとみ》を半分だけ四、五間ばかし上げて覗けるようにして、白い簾かけて涼しそうにしたあんねんけど、それを透かして、額つきのきれいな女のひとらが何人もこっちのぞいたはんのが見えるん。

立ってうろうろしたはるらしいけど、見えへん下半身までつなげて想像したら、ちょっと背ぇ高すぎやのん。いったい全体、なんの集まりなんやら、て光君、珍しそうにみいったはる。

クルマはこないして、わざと地味なん乗ってきたし、先払いなんかも出してへんし、ここの誰も、僕が誰なんかわからへんはずやんな、てリラックスして、クルマの窓からちょっと覗かはったら、門は蔀みたいな扉を押し上げたあるだけで、奥行きはえらい狭いし、なんや折り紙で折ったみたいな情けない家なん。

光君、しんみりしてきはって、まあいうたら、この世のどこかて、仮の住まいなんやんなあ、やなんて。そない思たら、玉の御殿もここもそない変わらへんな。

切って懸けただけみたいな塀に、青々と育ったつる草が気持ちよさそうに這えかかったあんのん。そこに白い花がひとりで、ほわっと明るうに笑たはって。

「そっちのひとにもの申す。そこ咲く花はなんでしょな」

て、光君、鼻歌まじりのひとりごと。

家来の随身《ずいじん》が膝ついて、

「あの白う咲きます花は、夕顔、もうしまして。女子みたいな名前で。こんな風な感じの、あんましイケてない垣根に咲きよります」

見わたしてみるとほんまそのとおりで、こぢんまりした家ばっかし並んだある、この界隈のあっちやこっち、押したら崩れ落ちそうな軒先に蔓が這い伝って、ぐるぐるに絡まり合うたあんのん。

「かわいそうな花やなあ。ひと房折ってきてくれ」

て、光君。随身が、その押し上げたある門にはいって、ひと房折ったんやん。と、さびれつつ、ちょっとは風情も残ったある引き戸口に、黄色の生絹《すずし》の単袴《ひとえばかま》、引きずる感じで穿いたかいらしい女の子が出て、おいでおいで、て手招きしはるん。お香を焚きしめた白い扇出して、

「これにのせて、さしあげてくださいな。枝も、なんの風情もあらへん花やさかいに」

て、随身に渡すん。随身は、その時ちょうど乳母の家から、門のとこへ出てきはった惟光クンに、花ごと扇を渡して、光君とこへ持っていってもらうん。

惟光クン、親身にあやまりながら、

「ほんますんません。鍵、どっかにいってもうて、ご不便おかけしまして。光さんの顔見たかて、誰や、ようわかりもしいひん界隈、いうたかて、こんなむっさい通り

に、ほったらかしにしてもうて」

やっとのことでクルマ、門のなかに入れて、おりはるん。惟光クンのお兄ちゃんの阿闍梨《あじゃり》や、尼君の娘婿の三河守《みかわのかみ》、娘なんかがわらわら寄り集まってるところへ、こないして光君が来てくれはったよろこびに、光栄の極み、とかいうて、みんな畏まったはるん。

尼君も起きあがって、

「いまさら命が惜しゅうはない身で、それでもこの世を棄てとうはなかったんは、ただ、こんな風に、光さまに前のようには簡単にはお目にかかれへんやろ、ああ、残念や、てそない思うてぐじぐじしておったんどすが、尼の戒を授かったおかげでいのちがつなげて、さらにこないしてお越しいただけ、お姿も見せていただけたんやから、わたくしはもう、阿弥陀さまの御光を、せいせいした気分でお待ちすることができますわ」

いうて、小ちゃい声で泣かはんのん。

「最近、調子が悪そうやてきいて、ずっと心配しとってんけどな。な、おばちゃま、そんな、いかにも尼さん的なん、辛気くさいしやめときい。もっともっと長生きして、僕が出世すんのん見届けてもらわんと。そないして初めて、*九品浄土《くほんじょうど》の上品に生まれかわれるんやろ。この世に未練残すて、それが最悪なんとちゃうん」

て、光君、涙ぐんで訴えはるん。

おバカな子ぉやっても、乳母とかは、ひいき引き倒さはって、はたで見ててこっぱずかしいくらい猫かわいがりしはるやん。ましてや、こんなピカピカの光君に、おっぱいあげて育てた身やと思たら、自分でももったいのうて、ありがとうて、とにもかくにも泣けてきはるん。

尼君の子らは、ちょっと引きぎみで。「出家しはったはずやのに、お母《か》ん、光さまきはった思たら、未練たっぷり、あんなにびいびい泣かはって」て、肘で突っつき合うて、目配せしはるん。

光君はただ、じーんとして、

「物心もなんもあらへんころ、可愛がってくれはるはずのひとらが次々に亡くならはった。で、育ててくれた乳母は、ぎょうさんいたはったみたいやけど、気安うつきおうてきたんは、おばちゃまだけやと思うで。大人になってからは、いろいろややこしい決まりもあって、なかなか、毎日会うっちゅうわけにいかへんし、思いどおりに訪ねてくるのも難しいけど、それでも、会われへんあいだはずっと、どないしたはんのんかなあ、て心配しとってんで。なあ、『さらぬ別れ』とかは、なしにしとこうや、な、こんな親身に話しかけてくれはって、涙を拭かはる袖の匂いも、部屋のすみずみにまで香りたって、ドン引きしとったまわりの子らも、

「ほんまやなあ、ようよう考えてみたら、ふつうやないご縁を戴いとんにゃなあ」

いうて、グスグスもらい泣きしたはんの。

加持とか祈禱とか、ちゃんとまた始めるように言い残さはって、光君、さあ行こか、て惟光クンに紙燭もってこさせるん。ふと、さっきもろた扇見たら、使い慣れたはったひとの移り香が、深うに、しみじみとしみこんでて、ぱっと鮮やかに走り書きしたあんの。

「心あてに　それかとぞ見る　白露の　光そへたる　夕顔の花（あのお方やないかしら、と、お見受けいたします。夕方の光にうかびあがったお顔、白露の光に輝く夕顔）」

書き手が誰かぼんやりぼかしたあんのも、上品で、訳ありな感じで、こんなところにこんなひとが、て、むくむく興味わいてきはんの。

「な、な。惟光。そっちの西側の家は、どんなひとが住んだはんねや。聞かせ」

惟光クン、またいつもの癖が、て思いながらことばは呑みこんで、

「ここ五、六ん日、この家にいてますけど、お母んの病気ばっかり気にしてましたんで、隣のことなんか、ぜんっぜん、これーっぽっちも知りまへん」

ぴしゃり、とりつく島もあらへん。

「おー怖。そやけどな、この扇のことは調べてみんなあかんやろ。この辺に詳しい誰か見つけて、きいてきてくれや」

惟光クン、留守番の下男呼んで、きいてみはるん。

「*揚名介《ようめいのすけ》やってるひとの家でした。主人は用事で田舎へいってますねん。その奥さんがまだ若うて、風流好みやそうで。ここへは、宮仕えしてるその姉妹が、しょっちゅう出入りしてるんですて。下男やし、これ以上のことはよう知らんようですわ」

ふーん、その宮仕えの女か、て光君。訳知り顔で、なれなれしい歌詠んできたもんやな。たぶん、どうっちゅうこともない身分の女なんやろけど、ただ、こっちとわかってて、あんな歌投げてくる心意気は悪ないし、スルーしとくわけにはいかへんやろ。

て、例によってこっち関係のことになると尻が軽すぎる光君。

懐紙に、誰かようわからへん筆跡で、

「寄りてこそ　それかとも見め　たそかれに　ほのぼの見つる　花の夕顔（近う寄ってこそ、顔がよう見えます。たそがれ時にはどんなきれいな夕顔の花もぼんやりとしか見えへんよ）」

さっきの随身に持っていかせはるん。

光君のことまだちゃんと見てへんうちに、横顔で「あ、光さま」て思い当てて、それで歌なんか送ってびっくりさせたりして。返事の歌、かえさはるまでに、ちょっと時間あったやん。それできまり悪がってたくせに、いざ歌がかえってきたら、

「キャア、かえってきたわ！」

「嘘やん、死ぬ！　なんてリプしよ！」

とか向こうの女子らが調子こいて大騒ぎしはじめたんで、随身、なんもいわんと帰ってくるん。

先払いの松明も目立たへんように、光君一行は、えらい静かに出発しはるん。光君ふりかえってみたら、半蔀は下ろしたあるん。隙間からこぼれる灯の光が、蛍よりい

っそうほのかに揺れてんのん。

そんなこんなでようやっと、目指してたところへ着かはって。木立、前栽やなんかも通りいっぺんやのうて、いかにも閑静に、奥ゆかしい風に住んだはんの。六条御息所の、近寄りがたいオーラはもう別格で、そやし、さっきのボロ垣根のことなんて、思いだす暇あらへんかった。

次の朝、ちょっと寝坊しはって、日が昇ってから出発しはるん。朝のそのイケメンすぎるお姿、みんなから評判になって当たり前やと思うわ。

この日もまたあの蔀の前を通りかからはって。これまで、何度も通ったことのある場所なんやけど、たった一度のささいなできごとがこころに留まって、どんなひとが住んだはんにゃろなあ、て、行き来のたびにお目をとめたはんのん。


もう秋なん。

光君、ここんところ、藤壺さまへの恋について思い悩んだり、こころ乱したりしたはったから、左大臣家へはたまにしか顔出さはれへん。葵サンはひとり、寂しゅう待ったはるん。

前の東宮さまのお妃やった、六条の君との関係も、固かったガードをかいくぐって、まんまと口説き落としてしまわはってからは、急に冷めてしもたんか、そのまんまほったらかしてもうて、それって、あんまりなんとちゃうかしら。ふたりがまだ、なんもなかった頃みたいな、一途に口説きまくろうて気配なんか、影もかたちもあらへんし。

六条の君て、マジ、自転車の鍵五重にかけるくらい、徹底して思いつめはるたちなん。そやし、光君と自分は、年も釣り合うてへんし、ふたりの関係が世間にバレてもうたらどないしよ、いうて、光君の来はらへん夜は、考え込まはってよう寝つかれへんのん。

ある霧の深い朝、えらいせかされはって光君、まだ眠たいのになあ、て生あくびで、六条邸から帰らはんねん。お付きの女房の、中将のおもとが格子を一間あげて、お見送りできるように、て、几帳をほんの少しずらさはったんで、六条の君は頭をもたげて外を見はるん。

前栽にいろいろと花が咲き乱れた庭を、立ち去りにくい感じで光君が立ったはる姿、目がつぶれそうなくらい男前なん。廊へむかって歩きださはるんを、おもとがお供してついていくん。

季節におうた紫苑《しおん》色の着物に、薄衣の裳、洒落た感じで着こなした腰つきが、たおやかでちょいエッチ。光君ふり返って、寝殿の隅の高欄のとこに、中将のおもとを座らせはる。すきのない物腰、肩にかかった髪の端もぴんとして、目が覚めるくらいきれいなん。

光君、

「咲く花に　うつるてふ名は　つつめども　折らで過ぎうき　けさの朝顔（咲いたばかりの花に浮気した、いうて評判になるんはかなんけど、このまま手折らんと帰るんはもったいなさすぎる、朝顔みたいな君）　なあ、どないしよか」

いうて、手ぇ握らはんの。中将のおもとはぜんぜん焦らんと、すぐさま、

「朝霧の　晴れ間も待たぬ　けしきにて　花に心を　とめぬとぞみる（朝霧が晴れる間も待たれへんやなんて、花みたいなあの方にこころをとめる余裕なんて、あるわけないですねえ）」

て、六条の君のきもちを汲んで、詠み返さはって。

さっぱりした身なりのかいらしいこどもの召使いが、特別あつらえの指貫の裾を露で濡らしながら、花のなかにしゃがんで朝顔折って、六条の君へさしあげにもっていくん。絵に描きたいくらい、完璧な構図やんね。

ちらっと会うただけのひとでも、光君にはころっと参ってしまわはる。ものの情けもわからへん山男かて、たまには、花のそばで休みとうもならはるやん。光、て呼ばれるくらいのこの君の姿を見はったひとはみんな、それぞれの身分ごとに、自分とこの愛娘を「この方にお仕えさせられたら」て願わはんのん。まあまあイケてる姉妹《いもうと》とかいたはるひとは、「メイド扱いでもええから、なんとかお屋敷で使てもらえへんかな」なんて思わはんのん。

ましてやで、ついでの何気ないひとことにも、光君のやさしい心根をききとれる、中将のおもとみたいなかしこい娘が、ええかげんに聞き流したりはしいひんやん。六条の君のお屋敷で、朝夕、のんびりくつろいで過ごさはらへん光君の様子に、ああ、じれったいわあ、とか思たはんねん。

あ、そうそう、惟光クンに任せたある、五条あたりの家の件。ほんまによう調べあげはってねえ。

「あの女、マジ正体不明ですわ。一見、ひきこもり女子なんすけど、えらい暇な様子で、南の半蔀のある長屋まで、いったりきたりをくりかえしてまして。で、外でクルマの音したら、お付きの女子らみんな覗きますやん。そのとき、あの女もそろそろ、見にきよりますねん。顔はねえ、なんちゅうか、ま、イケてる方とちゃいますかあ」

「よし」

「そや、こないだ、先払いしながら進んでくるクルマがあったんすわ。覗いてた童があわてて『あっ、うこんのきみさまあ、見て見てえ、ちゅうじょうどのが、きはりますえ』いうたら、女子ら、どおっと押し寄せてきて、それを、リーダーらしい右近の君が片手あげて『なあ、おちつきって、自分ら』て、とめまして、『けど、なんでわかったん。うちも、ちょお見てみよ』いうて、部屋から出てきましてん。打橋みたいなとこが通り道なんすけど、慌てとったからか、服の裾をどっかに引っかけて、ドッスーン、て思いっきしこけよって。ギリギリ、橋から落ちる寸前。『葛城の神さん、ろくな橋かけよらへんのねっ』て逆ギレ。外のクルマ覗く気ぃもうせてもうて。さっきの童はまだつづけて『ちゅうじょうどのは、のうし着てぇ、ずいじんさんらもいたはります。なんとかくんとか、かんとかさまとかあ』て、名前あげて数えてましたわ。一行が、頭中将の随身とその連れの子ぉらやいう、証拠のつもりで言うとったんでしょ」

「うわ、そのクルマ、見たかったな」

ていいながら、光君、ひょっとしたら、前に葵サンの兄ちゃん、頭中将が話してた、かわいそうな忘れられへん女があれかも、て思い当たらはる。もっと知りたそうな光君の様子みて、惟光クン、

「ぼくも、女子のひとりとええ感じになっといたんで、家のなかはだいたい全部調べてみたんすけど、ひとりだけ、僕にはグループの仲間うちのふりして、そんな風な口調で話しかけてくる子ぉがいてましてね。たぶん女主人やないか、思うんすけど、ぼくはすっとぼけて、だまされたふりして通てます。むこうは、うまいこと隠しとおしてる、て思てるみたいっす。ちいちゃい童がたまに、ちょんばれなこといいかけたりしても、すぐに言いつくろうて、ここには主人なんかいてまへん、風なプレイつづけ

てますわ」

て笑いながら話すん。

「尼君のお見舞いいったついでに、僕にも覗かせろや」

て、光君。ま、たとえ仮の宿やとしても、家のしつらえから見て、ああいうんこそ頭中将がバカにしとった下の品なんやろけど、意外とそういうなかに、宝物が眠ってたりするんちゃうかな、ふふ、なんて思たはるん。

惟光クンは、どんなしょうもないことでも光君の願いどおりにしよ、て決めてんねん。本人も根っからのチャラ坊やし、あれやこれやアイデア練りあげて、無理くり、光君をあの家へ引き込まはったん。

まあ、そのへんはくどくど長なるし、カットさせてもらうわ。

その女がね、どこの誰とかぜーんぜんわからへんし、光君のほうでも、名前とかぜんぶかくしといて、えっらいボロボロの風体に身をやつして、めずらしくクルマ降りて徒歩で通っていかはんの。これ、けっこうマジなんやな、て気づかはった惟光クン、いつも乗ってる馬に光君乗せたげて、自分は走ってお供しはるん。
「僕の彼女に、こんなぶざまにペタペタ歩いてるとこ見られたら、かなんわあ、な、光さん」

て、冗談半分に愚痴らはって。

誰にも知られへんように、夕顔の花のこと教えてくれた随身と、むこうに顔バレしてない童ひとりだけ連れていかはんの。勘づかれたらヤバい、いうて、隣の乳母の家にも足ふみいれはらへん。

女のほうも、なんや不安やし、気色わるいし、手紙もってきたお使いのあとをつけさせたり、朝帰りの道をさぐらせたりして、光君がどこのひとか、確かめようとしはんねんけど、そのへんはうまいこと、曖昧にぼかさはんねん。そんなふうに距離とりつつ、光君はこの娘、夕顔の「夕ちゃん」がかわいらしゅうてしゃあなくて、逢いとうて逢いとうてたまらへんねん。はは、我ながらチャラいやっちゃなぁ、なんて思いながら、いそいそ出かけていかはんのん。

色恋の道にはまったら、堅物のひとかて、頭どうかなってまうことてあるやん。そのへん光君はうまいこと気ぃ鎮めはって、これまでのところ、ひとに後ろ指さされるようなことにはなったはらへんかった。

それがね、今回は、不思議なくらい溺れはって、今朝別れたばっかしやのに、昼にはもうボーッて惚けたはんの。こんなん、頭どないかなってる、そこまでこだわることやあらへんのに、て、冷静にならはったらわかんのやろけどねえ。

びっくりするくらい素直で、やさしゅうにうちとけた、夕ちゃんのひと当たり。慎重に考えるとか深いおもんぱかりとか、そんなんはなんもあらへんねん。ピンピン若やいだはって、それでいて、男女のことまるきり知らへんカマトトでもない。格別の素性でもあらへんみたいやのに、いったいあの娘ぉのどこに、僕、こんなにまでやられてもうたんかなあ、て、つくづく考えたはんねん。

わざとぼろぼろな狩衣姿で、身なりやつして、顔もちらっとも見せはらへんで、夜更けに、ひとが寝静まってからそおっとはいってきはる。なんや、昔話の鬼か妖怪みたいで、夕ちゃんは、不気味で泣きたいくらいやねんけど、相手の雰囲気や、寝屋でのふれあいなんか、際だったあるし、

「いったい、どなたなんやろ。なんにせよ、あのチャラ男はんが、しかけはったことやろけど」

て疑うたはるん。

けど惟光クンは知らん顔で、無邪気なふりして、女子らとひたすらチャラチャラ浮

かれ歩いたはる。いったいなんなんやろ、これって、て夕ちゃん。なんやようわからんけど、いま、わたしが迷いこんでんのって、たしかに、ふつうの恋路とはちゃうみたい。

今夜は十五夜。中秋のすみわたった月影。隙間だらけの板葺きの小屋に、月の光がさんさん漏れてて、ふだん見はることのあらへん住まいの様子が、そらめずらしいねん。

でも、もう暁どきやのん。隣の家で、お仕えのおっちゃんらが、

「ああっ、ごっつ寒」

「今年は商売もあがったりやし、田舎の行商も見込み薄やし、ふところも寒うてかなん。なあ、北隣はん、きこえてまっか」

とか、いい合うんもきこえてくるん。自分らの仕事のためにがんばって起きだして、ざわめき騒ぐ音がすぐ間近にきこえて、夕ちゃんは内心、恥ずかしいてたまらへんの。

体裁ぶった気取り屋やったら、消え入りたなるくらい下町っぽい家。けど、おっとり風の夕ちゃんは、しんどいこともユーウツなことも体裁の悪いことも、一見、あんまし気に病んでる様子もないし、もてなしかたや物腰は、ほんま上品であどけないん。不細工に騒ぎたてたはるおっちゃんらのことなんか、なあんもわかったはらへんみたいな顔でボーッとしたはって、恥ずかしさがいかにも顔に出てまう女子なんかより、光君からしたら、よっぽど無垢な感じに見えたあんのん。

ごろん、ごろん、ごろろん。枕のすぐむこうから。雷みたいな唐臼の音。うるそうてかなんなあ、て思たはる。なにが響いてくるんかは、わからはらへん。とにかくまあ、やっかましい音、うっとおしいこと、ごたまぜになって、朝の寝床に降ってくんのん。

　でもそのうち、遠くかすかに、砧の衣うつ音が、あっちこっちからきこえてきてね。それに空ゆく雁が音が合わさって、しんみり、秋の気配。お屋敷の端っこあたりの部屋やから、*遣《や》り戸《ど》を引きあけて、肩ならべて一緒に見はるん。

ちんまりした庭に、こじゃれた淡竹《はちく》。植え込みの葉露が、ここも同じようにきらめいてんの。虫たちの声、わんわん響いてて、ふだんは、壁のむこうのこおろぎくらいしか聞こえへんのに、なんや、こっちに狙いすまして合唱してるみたいに鳴きまくってんねん。

これはこれで、ええ感じやん、て光君。マジで恋してると、どんなもんでも、ええように見えてくるもんなんやろね。

白い袷に、薄紫の表着《うわぎ》、はおらはった夕ちゃん。目はひかへんし、どこがどう、いうんやないねんけど、華奢で、はんなりしたはって、なんか言わはるときの表情も、かいらしすぎて胸キュン。もうちょい自分意識してもええのにな、とか思いつつ、と
にかくいまは、どっか静かなとこで、落ちついて、ふたりしっぽりしたいん。

「なあなあ、近場で、一泊旅行てどう。ここ、ちょっと、やかましてかなんし」

て、光君。

「へえ。えらい急な話で」

て夕ちゃん、おっとりいわはるだけ。

光君、来世の契りまで持ちだして説得しはったら、夕ちゃんもいきなり態度変えて、しなしな寄ってきはったりして、え、もっと初心《うぶ》な子のはずやのに、て光君どぎまぎしはって、なんやもう、まわりの目なんかどないでもようなってね。夕ちゃんの乳姉妹の右近呼んで、随身も呼ばはって、縁までじかにクルマ入れはるん。この家の女子らも、相手の正体は謎やけど、超ラブラブなんようわかったあるし、まあ、信用

しとってもええかな、みたいな。

だんだん明るうなってきてて。鶏の声はきこえへん。*御岳精進《みたけそうじ》やろか、お年寄りっぽい声で、誰か床に額《ぬか》づいたはるみたい。必死に立ったり座ったり。光君、はっとなって、朝露みたいなこの世で、なにをそんな欲しがって祈ることがあんのやろ、て耳すまさはる。

南無当来導師《なもとうらいどうし》、南無当来導師。

「なあ、あれ聞いてみ」

て光君。

「あのおじいはんも、僕らと同じやん。来世に懸けたはんねんな」

しみじみいうてから、

「*優婆塞《うばそく》が　行ふ道を　しるべにて　来《こ》む世も深き　契りたがふな（優婆塞が修行する道を進んでいこうや。来世の約束、忘れんと守ってな）」

玄宗皇帝《げんそうこうてい》と楊貴妃みたいな、「天で比翼の鳥になろうね」とかいう*長生殿《ちょうせいでん》の誓いは不吉やから、そのかわり、弥勒菩薩の来る未来を祈らはるん。おおげさちゅうか、たいそうっちゅうか。

「前の世《さき》の　契り知らるる　身のうさに　行く末かねて　頼みがたさよ（前世の因縁が思い知られて、つらいわたしですし、未来のことなんて、よう約束できまへん）」

てこたえる歌も、ほんま、こころもとないのん。

沈みそうで沈まへん月に誘われて、行き先もわからへんまんま出かけるんを、夕ちゃんはやっぱりためらわはって。それを光君がまた、くどくど説得にかからはって。と、月が雲にかくれて、だんだんと明けてくる空が、しみじみときれいなん。ひと目につかへんうちに、て、いつも通り急いで出発しはるん。軽く夕ちゃん抱きあげて、クルマへ。付き添いの右近も乗りこまはる。

わりと近くにある、「なにがし院」て古屋敷に到着。管理人が出てくるまでのあいだ、荒れ果てた門に茂ってる忍草、つい見あげてみたら、木の間の闇が、ありえへんくらい暗いん。濃い朝霧に、露もおりたあって、クルマの簾、あげたまんまにしたあるし、光君の着物の袖も、えらいびしゃびしゃに濡れてもうて。

「こんな朝デートって、あんまりしたことないねんけど、けっこうたいへんなんやね。

いにしへも　かくやは人の　まどひけん　わがまだ知らぬ　しののめの道（昔のひとらもこんな風に迷い込んだりしたんかな。僕もまだはじめての、こんな朝の恋の道に）　夕ちゃんは経験ある？」

「山の端《は》の　心もしらで　ゆく月は　うはのそらにて　影や絶えなむ（山の端の、あなたのほうの気持ちも知らんと、西へ進んでゆく月は、うわのそらのまんま、消えてまうかもわかりまへん）　もう、心細うて」

て、夕ちゃん、なんやえらいびびらはって不気味そうなん。光君はただ「ま、あんなにがちゃがちゃ立て込んだとこから、いきなり、こんな静かなとこに来たしな」て、軽うに考えたはんねん。

クルマ入れて、西の対に御座所を用意してもろてるあいだ、欄干にクルマの轅《ながえ》を引っかけて待たはるん。右近、ちょっと浮かれた気分になってきて、夕ちゃんのこれまでの恋バナ、ひとり胸のなかで思いだしたはんの。管理人が急いで必死で用意してるんを見て、光君がどういう身分のひとか、右近はだいたい察しがついたんやね。

ようやっと、ものが見えるか見えへんかくらいになって、クルマおりはるん。にわかづくりの御座所やけど、こざっぱり設えたあんねん。

「お供のひともいたはらへんで。えらい不便でしょうに」

いうて、光君と親しいつきあいのある下家司《しもげいし》が来て、

「誰ぞ、お呼びしたほうがよろしか」

て、右近に確認させはんねんけど、

「わざわざ、ひとの来いひん隠れ家へきたんやないかい。ぜったい誰にもいうなや」

て光君、きっつう口止め。

おかゆとか慌てて作んのやけど、給仕の手もぜんぜん足らへんし。ドキドキはじめての一泊旅行。ごはんすんだら、ふたり息合わせて、やるこというたら、もう、ひとつしかあらへんよね。


お昼近うなって、ようやっと起きてきはって、光君、自分で格子あげはってね。

で、ようよう外みわたしてみたら、この「なにがし院」とかいう屋敷んなか、もう、ぼっろぼろで、荒れ放題なん。ずうっと遠くまで、ひと気なんかまるっきりあらへんし、木立は古すぎて、めっちゃ不気味やし。

近くの草木は、なーんもおもろいとこあらへん。地味な秋の野っぱらみたいで、池にもしょうもない藻がみっしり。ただひたすら、きっしょいだけの場所やのん。

別の棟に、部屋設えて、管理人が住んだはるらしいけど、ふたりの御座所からはえらい遠いねんな。

「うっわあ、不気味やね。ぞくぞくすんね」

と光君。

「けど、まあ、鬼なんかも、僕だけはスルーしていかはるしね」

光君、顔はまだ覆面で隠してはんねんけど、夕ちゃんがほんまにしんどそうなんはヒリヒリ伝わってくんねん。けどなあ、こんな仲にまでなっといて、いまさら隠しごとしてんのも、へんな話やんなあ、そない思わはって、

「夕露に　紐とく花は　玉ぼこの　たよりに見えし　えにこそありけれ（夕露のなかで、花がひらくみたいに紐ほどいて、お面とってみるど。通りすがりの道で会うたこ

とが、こんなご縁につながるんやね）どない、この露の光は？」

て、光君、自信たっぷりにお顔みせて。彼女は横目でこっち見て、

「光ありと　見し夕顔の　上露は　たそかれ時の　そらめなりけり（なんてキラキラしたはんのやろ、て、あのときはそない見えた、夕顔の上露みたいな、まぶしいお顔。おかしいなあ、あれは、たそがれ時の見間違いやったんかしら）」

て、ほのかな声で、冗談めかして。

へえ、悪ない出来やん、て、滅多にないくらい、本心からうちとけはった光君のお姿は、場所が場所だけに、その様子がかえって、なんかコワいくらいやねん。不吉なくらいキレイ、ていうか。

「なあなあ、もうずーっと、名前も教えてくれてへんやん」て、光君。「腹立つし、こっちも、お面かぶったまんまで通したろか、て思ててんけど……なっ、じれったいし、ほんまの名前おしえてくれへんかな。誰なん」

「……ただの、海女ちゃん」

とか、遠慮しいしい、わざと、えらい甘えてみせはんのん。

「ま、しゃあない」て光君。「僕も、覆面のまんま、ちょっと引っぱりすぎたか」て。そのまんま、イチャイチャ、べったり、日暮れまで過ごさはるん。

惟光クン、光君の居場所ようやっと探しあてて、お菓子とか持ってきてくれんの。でも、夕ちゃんの付き添いの右近に、自分が光君の従者やてばれて、あとから文句いわれんのもかなんから、そんなに長うはおそばに控えてられへんのん。

「そやけど、意外やなあ。あの光さんが、こーんなフラフラ、うつつ抜かさはるて。まあ、それだけええ女いうことなんやろ。オレが、先に手ぇだしてもうてもよかってんけど、今回はまあ、光さんに、よろしゅうおあがり、いう感じかな。オレって、ほんま、こころが広いなあ」

とか、たわけたこと考えてんの。

たとえようもなく静かな夕空を、光君、じっと眺めたはる。御座所の奥は、暗いし不気味やから、夕ちゃんは簾あげて、光君のそばでじいっと伏せったはる。日の終わりの夕映えに、うっすら照り輝く顔を見交わして、こんな仲になってしもたんを、思いもかけず、ふしぎに思いやりながら、いくつもの気がかりを忘れて、ちょっとずつでも、こころを開いていってくれる様子が、光君としたら、ほんま、かいらしいてたまらへん。一日じゅう添い寝しながら、自分にしがみついて、こわい、こわいのん、てくりかえす夕ちゃんが、幼げでいとおしいん。

光君、さっさと格子をおろさはって、灯りもつけさせ、

「からだのすみからすみまで、こんなに知り合ってんのに、まだ、こころの奥に、カギかけてはんねんな。ハア」

帝さま、心配したはるやろか。どこを探してはんのやろ。

なんで、こんなことになってもうたんか、正直、自分でもようわからへん。あの、六条の君、僕を恨んだはるかなあ。恨まれてもしゃあないやんなあ。

けど、あの重すぎんのんは、ほんま、かなんねん。この目の前の夕ちゃんみたいに、なーんも考えてへんくらいが、僕にしたら、ほんま、ちょうどええねんなあ。

で、あたりが暗なって、光君、ちょっとの間うつらうつらしたはる。と、枕元になんや妙なべっぴんさんが座らはって、

「わらわが、かわいがったろおお、思て、ずううっと待ってんのに、ぜえんぜん、訪

ねてもきいひんと、こおんな、しょーむないおなごと、イッチャイッチャ、乳くりおうとんのんかああ」

て、横に寝たはる夕ちゃん、引っぱり起こそうとするん。

う、なんや来とる！

光君、さっと起きはる。

おかしいぞ、灯ぃも消えとる！

ぎらっと抜いた太刀わきに置いて、侍女の右近、起こさはんのん。右近も怖いんやろね、ささっとねき寄ってきはるん。

「あのな、渡り廊下で寝てる、宿直のおっちゃん起こして、灯りもってこさし」

「そんなん、うち、ムリです。こんな暗いし」

「こどもか、自分？」

そう笑わはって、ぱ、ぱん、手ぇ叩かはんねんけど、闇の奥からこだまだけかえってきて、めちゃめちゃ無気味。ききつけてこっちきてくれるもんなんか、誰ひとりいてへん。夕ちゃん、わなわな震えまくって、汗べっちょりで、なんか、へんな感じにイッてもうて、どない手ぇつけたらええかわからへん。

「お方《かた》さまは、もともと、こわがりなご気性。ああ、どんなにか！」

て右近。光君も、昼間に夕ちゃんが、空の高いところ、じいっと見つめたはったことに、今ごろんなって気づいて、胸がぎゅうって詰まるん。

「誰か起こしてくるわ。手ぇ叩いたらこだまがうるさいから。このひとのそばにおったってくれ。ちょっとだけ待っといてや」

右近を近くに寄せてから、西の妻戸へ出て、戸を押しあけてみたら、渡り廊下の灯りも消えたあるん。なんや、風ひよひよ吹いてきて。しーん、てしてて。

お付きのもんらはみな寝てるん。光君が前から知ってる、院守んとこの若いもんと、こどもの従者ひとり、それと、いつもの随身しか見当たらへんねん。

「おい、灯りつけてこい」

て光君、その若いもんに、

「随身どもに、弓の弦、びんびん鳴らさして景気つけろや！　こんな陰気なとこで、おまえら、ようそんなグースラ寝られんなあ！　あ、そや。惟光、来とったやんな？」

「来たはりましたけど、なんのおっしゃりごともないのんで、朝方、お迎えんくる、いうて、去んでしまいはりました」

て、この若者は*滝口を守る武士なんやんね。で、弓の弦ぶわんぶわん鳴らしなが

ら、真っ暗ななか院守小屋んほうへ、

「火の、よー、じーん」

歩きながらいう声が遠のいていくん。

光君、宮中の夜のしきたりを思いおこして、亥の刻の、宿直《とのい》の侍臣らの点呼が、ようやっと終わったくらいの時間、つづいていまぐらいから滝口の点呼、いうことは、そうか、まだそんな夜中やないんやな。

部屋へ戻ってみてみたら、夕ちゃんはさっきのまんま倒れとって、右近はその隣でうつぶせで丸まってるん。

「なんやなんや、阿呆の子ぉみたいにびびっとんな。こんなボロ屋敷やし、狐みたいなやつばらが、おどかしよるし、チョー無気味、てか。ふん、この僕が、そないなやつらにびびってたまるか」

て、右近を抱きおこさはる。

「なんや、えらい気色わるうて、で、こないしとったんどす。それより、お方さまのほうが……」

「そや、なんでこんな……」

手ぇ伸ばしてさわらはったら、息したはらへん。揺すってみても、なよ、なよ、て魂失せた感じ。ああ、若々しすぎる子ぉやから！　そのぶん、もののけに、いのち吸われてもうたか。もう、どうしょうもあらへんのんか……。

滝口、灯りもってきます。右近も動かれへん様子なんで、近くの几帳を引きよせて、

「もっともってこい！」

けど、ふだんやったらありえへんことやし、おそばに寄るんももったいのうて、長押にもようのぼってきいひん。

「ええからっ！　もっともっと、もってきてくれ！」

灯りをとって夕ちゃんにかざしたら、ついそこの枕元に、夢にみえたべっぴんの女がまぼろしみたいに浮かんで、ふっ、て消えるん。

こういうんて、昔ものがたりできいたことある。ヤバい。ありえへん。けどいまは、まずこの夕ちゃんや。なんや胸騒ぎする。自分ごとに、かまけてる暇あらへん。

真隣に伏せて、

「なあ、おい！」

て声かけてみる。けど、からだはただしんと冷たくて、息はもうとうに絶えてて。

……よう言わんわ。

若いもんに呼びにいかしてたら、やっとこさ、惟光クン到着。

ふだんは、朝から晩までずっとそばにいてくれてるくせに、こんな夜に限っていよらへん、しかも遅れてくるて、なにさぼってんねん、て光君。それでも御座所へあげて、なにが起きたか説明しようとしはんねんけど、心底がっくりきはってもうて、声出さはる気力もあらへんのん。

右近は、惟光クンが来てくれはったって気配でわかって、これまでのいきさつを思いかえして、ぐすぐす泣きじゃくってるん。光君も、我慢の限界。これまでひとりだけ気ぃ張って、夕ちゃん、ずっと抱き留めたはってんけど、惟光クンの到着で、息がふっとゆるんだ拍子に、哀しみがわきあがってきて、しばらくの間わんわん号泣しはって。

ちょっと落ちついてから、

「あんなあ、惟光、ここ、もうヤバすぎ。俺、ちょっと、もう無理。こういうときって、お経しかないやん。で、願かけなんかもできたらええし、お前の兄ちゃんの、阿闍梨はんにも、来てもらおうて声かけてんけど、どないなった」

するとも惟光クン、

「あ、うちの兄貴、きのう、帰りましたわ。山。延暦寺。にしても、マジ、ありえへんっすよね、こんなん。この子ぉ、しんどいとかだるいとか、そんな感じのこと、こないなる前からなんかいうてました？」

「いや、なんも」

そないいうて、またぽろぽろ涙をこぼさはる様子が、超キュートでもう、はたから見とっても、こころにヒリヒリしみてくんの。惟光クンにまで飛び火して、ううっ、てもらい泣きしはんねん。

まあ、年重ねて、苦労して、世間の甘辛わきまえたはるオトナやったら、これくらいのことでは動じひんかもしらへんけどね。なんやかんやいうても、ふたりとも、まだまだ青二才やん。もう、よういわんくらいとっちらかしたはるん。

「そや。この屋敷の、管理人とかに知れたら、チョーヤバイかも」

て、惟光クン。

「光さんとわりと仲良しのあいつだけやったら、どないにか、収められるかもしれへんけど、ほかにきっと、べっらべら、いらんこと吹いてまわる身内とかわじゃわじゃいよると思いますし。とにかく光さんは、なる早で、このボロ屋敷から逃げはらへんと」

「んないうても、ここよりひとのいてへんとこなんか、ほかにあらへんやん」

「ふーん、そうっすね。この娘ぉの、もともといてた家なんか連れて帰ったら、あの女子らに、わんわん泣かれてえらい騒ぎやろし。近所もたてこんでて、ややこしいおばはんらの巣窟やし、あっちゅう間に炎上……あ、そや、どうっすか、山んなかの寺なんか？　こういうシチュエーション、わりと慣れっこやろし、目だたへんっしょ」

　ちょっと考えてから、

「うん、ちょっと知ってるおばちゃんが、東山のへんで、尼さんやってますねん。そこ運びましょ。親父の乳母やっとったひとやから、相当なばばあっす。まわりに、家ありますけど、えっらい静かなとこっすわ」

　すっかり明けてしもた朝のざわめきにまぎれて、クルマを寝殿につけるん。光君、よう抱っこできはらへんので、彼女のからだ、ゆうべ一緒に寝た上むしろに押しくるんで、惟光クンが抱えて乗せるん。

　光君、見てて、ほんま、ちいちゃいなあ、て。こんなんなってもうたのに、まだ、こんなにかいらしいんやなあ、て。

からだ、きっちりとは包まれへんし、すきまから髪がざあっとこぼれ出てて。光君、悲しすぎて目がくらくらしたはる。ほんまは最後までつきそうてあげたいねんけど、惟光クンが大声で、

「光さんは、早《は》よう、お馬で二条院のお屋敷へ！　まわりの目ぇが、まだ少ないうちに！」

そないいうて、自分の馬を光君に押しつけるん。クルマには、夕ちゃんのからだと右近とを相乗りさせて、自分は歩きで、袴の裾を紐でぎゅって縛って引っぱりあげて、

「にしても、こんなんになるとか、思ってもみいひんかったな」

ふりかえって、光君のマジ落ち込みまくった顔見たら、もう、自分のことなんかどうでもようなってもうて、惟光クン、黙って出発しはる。

光君は、なんも考える余裕なくて、ふらふら、よろよろ、二条院に帰りつかはるん。

九月二十日ごろ、気分がようやっとましになってきて。顔はまだ、えらいやつれてはんねんけど、それがまたかえってイケメンぶり引き立たせてね。なにかにつけてシクシク泣かはるん。

どないしはったんやろ、て不審がる女房らもいてて。もののけやろか、とかね。

右近、呼びださはって、気分のおちついた、のどやかな夕暮れに、いろんな話かわしあったあと、

「いまも解せへんねん。なんであの子、名前も素性も隠しとおさはったんやろ。ほんまに『海女ちゃん』やったとしてもやで、僕の気持ちほったらかしで、ずうっとそっぽ向かれてた気ぃすんねん。つらいわ」

て右近。

「そんなわけないですやん」

「ただ、どうっちゅうことのない名前、目上のお方に打ち明けるタイミングて、簡単やないんです。最初の出会いからして、ふつうでは考えられへん、ふしぎななれそめでしたしね。これ、現実なんやろか、とか、夢心地でいうたはりましたわ。そちらからお名乗りがなかっても、これは、どうやら光さまらしい、て気づいてもおられました。でも、やっぱり本気やないんやわ、遊び相手と考えたはるから、適当にごまかし

たはるんやろなあ、て、そない深く、思い悩んだはりましたよ」

「ああ、ありえへん。見当はずれな探りあいやっとった」

て光君。

「僕のほうは、ごまかすとかほったらかすとか、そんな気一切あらへんかった。ただ、不倫いうか、アバンチュールいうんか、ああいう経験て、正直まだ、そんなに慣れてないいんやんか。帝さまからの注意もふくめて、縛られることがいろいろ多て、ひとに他愛のない冗談いうだけでも、あーだこーだ口さがない、小うるさい連中に取りまかれてんねん。

あんなことあった夕方以来、なんでやろね、ずっと、ずうっと、こころにかかってんねん。ああやって、無理くりデートに誘たんも、いまから思たら、こないなる運命に運ばれとっただけかもしれへん、そない思たら、ほんま切のうてね。ああ、ああ、なんで出会うてしもたんや。長うつづくはずもなかった縁やのに、なんでそんなにこころ尽くして想っててくれはったんやろ。なあ、詳しい教えてくれへんか。もうなんも隠すことあらへん。七日七日の仏画に手ぇ合わせて祈るにしても、名前がわからへんでは、誰のためにも祈りようがあらへんやろ」

「もちろん、かましまへん。お話しいたしましょ」

て右近。

「あの方ご自身が、ずっと隠しとおさはったことを、お亡くなりになったあと、つまらんおしゃべりで汚さへんよう、願うばかりでっしゃけど。

ご両親は早うにお亡くなりになられました。三位の中将、申さはりました。お嬢はんのこと、ほんまにおかわいがりでいらっしゃいましたけど、ご身分、ご運のつたなさを嘆かはるうちに、ご寿命さえまっとうもされず……。

その後ひょんなご縁で、あの頭中将さまが、まだ少将でいらっしゃったころ、お嬢はんをお見初めくれはりまして。三年ほど、ラブラブな感じでお通いくれはったんどす。けど、去年の秋ごろでしたか、奥様のご実家の右大臣家から、えらいおとろしい調子で横車はいりましてねえ。お嬢はん、じっさい臆病なお方ですから、ぶるぶる震え上がってしまわはって、西の京の、乳母の住んでるお家に、そおっと隠れ住んでしまわれたんですわ。えらいボロ家で、住みにくうてしゃあないんで、山里あたりに引っ越そかしら、て話もあったんですけど、今年からは方角がふさがってまして、方違え、いうことで、五条のあの、せせこましい辺りに移ったところを、たまたま光さまに見つけられてしもて、そのことをえろう嘆いていやはりました。

ありえへんくらい内気な方で、よそさまに、自分のお思いを悟られてしまうことさえ恥ずかしがったはるくらいどした。そやし、あっさりすぎるくらいの、物足らへんおもてなしぶりくらいに、光さまのお目には、映ったはったんとちゃいますか」

と、そんな打ち明け話に、光君、ああ、そうかあ、そないやったのか、て、いちいち腑に落ちはるん。胸がますます詰まってくんのん。

「まだ小ちゃい子ぉの行方が、わからへんようになって、て、頭中将が心配しとったけど、そういう子ぉはいたはったんか」

「ええ」

て右近、うなずいて、

「一昨年《おととし》の春におうまれどしたか、えろうかいらしい、おなごのお子はんで」

「その子ぉはどこにいたはる。よそにはそうとは知らさんと、僕んとこによこしや。あんな風にいってもうたあのひとの、せめてもの思い出、宝物や」

て光君、思いかえして、

「頭中将にも知らせといたほうがええんやろけど、またどうせ、しょうもない愚痴くどくど聞かされる羽目んなるだけや。なんやかやいうたかて、僕が育てて、なんの不都合があるわけもないし、その乳母いうひとにも適当にいいつくろうて、連れてきてくれへんかな」

て、もちかけはるん。

「そらあ、ありがたいことですわ」

て右近。

「あの西の京の家で育たはんのは、ほんま気の毒で。五条のお家には、お世話役が誰もいいひんいうことで、いまはまだ、むこうにいたはりますのやけど」

なんとも静かな夕暮れに、澄みわたった空の風情。前庭の枯れ果てた植え込み。ふとどこからか虫の音が。紅葉がだんだんと色づいてきてて。

そんな、大和絵に描いたみたいな景色、右近はずうっと見わたしながら、「こんなうつくしいところにお仕えするやなんて、思いもよらへんかったわ」。あの五条の、夕ちゃんの家、思いだすだけでちょっと恥ずいねん。

ぼうぼう、ぼうぼう。竹藪んなかで家鳩の声。光君は、あの「なにがし院」で、鳥がこんな風に啼いてんのんを、夕ちゃん、えらい怖がったはって、て思いだしてるうち、あのかいらしい面影が、目の前にありあり浮かんでくるん。

「としは、なんぼやったんかな」

て、ぽつりと光君。

「ふしぎに、この世から浮いてて、こわれそうなくらいカワイかったんも、こんな風に、長生きできひんかったからかもな」

「十九に、おなりどしたか」

て右近。

「このわたしは、お嬢はんの御乳母やらせてもろてた母が死んでもうたあと、三位の中将さまにかわいがっていただきまして、お嬢はんのおそばで、ずうっといっしょに育ててもろたんどす。これまでの日々おもいかえすと、これから生きていけるいう、実感がわいてきやしまへん。昔の歌にもありますねえ、ひとに睦みすぎたら、その相手に会われへんのが辛すぎてたまらへんようになる、て。こわれてまいそうで、はかのうて、繊細なお嬢はんのお気持ちに、ずっと、ずうっと、よりそうてきましたもんどすから」

「その、はかなげで頼りない、いうところこそ、女子はカワイイんやて」

て光君。

「こりこうで、ひとについてこえへん子ぉて、じっさい、きもちが引いてまうもんやで。僕自身が、どっちつかずでうじうじした人間やんか。そやし、タイプとしたら、ひたすら情にあつうて、なんかあったら男にだまされそう、しかも、控えるところは控えたはって、こっち側にずっと付き従うてくれはる、て、そんな女子がええんやんか。自分の思うとおりに育てあげる、なんちゅうことがもしできたら、そらまあ理想やんなあ」

「お嬢はんて、まさしくそのタイプどした。どまんなか」

て右近、

「そう思たら、ほんま惜しいことで……」

いうて泣かはんのん。

空が急に暗くなってきて、ひやっとした風が吹いてくるん。光君、しんみりした気持ちで見あげながら、

「見し人の　煙を雲と　ながむれば　夕《ゆうべ》の空も　むつましきかな（あのひとの、お弔いの煙があの雲に溶けてると思たら、この夕空も、いとおしいてたまらへんわ）」

　そない、ひとりで呟かはって。右近は返事もできひんのん。ああ、お嬢はんがいま、こんな風に光さまと差し向かいに座ったはったら、て考えただけで、右近、胸が詰まってまう。

　光君、あの朝のやかましかった砧の音さえ、思いだしたら、きゅん、て恋しいて、

「まさに長い夜、長い夜、ほんまに長い、長い夜」

何度か、古い漢詩くちずさんでから、どたっ、て布団に倒れこまはって。

わかむらさき

年も明けた春の暮れ、光君、「わらわやみ」にかからはってね。快癒のご祈禱とかうけはんねんけど、まるっきり効果ナシ。それどころか、発作をしつこう、何度もくりかえす始末で。

「あのう、きいた話っすけど」

て、お仕えのひとり。

「北山《きたやま》のほうに、なんちゅうお寺やったか、えらいスゴイ行者さまがいたはるそうで。去年の夏、へんな病気がはやったときも、世間のご祈禱がぜんぜん効かへんかったんっすけど、この方がぜーんぶ治さはったんですて。光さんも、こじらせはったらややこしいですし、早《は》よお願いしてみはったらどないですのん」

これきいて、すぐさまお使者をつかわさはったら、返事あって、

「もう、よぼよぼで、どこへ行く気力もございません。ずうっとうちにいてます」

とのこと。

「それやったら、こっちから行こ。お忍びで行こうや」

て、近いもん四、五人ほどお供につれて、まだ暗いうちに出発しはるん。

北山の、ちょっと山の奥へ入りこんだあたり。三月も末やし、京の町なかの花はもう盛りが過ぎてもうたけど、山桜はちょうど見頃で、山奥へ入れば入るほど、霞のかかった桜ってえらいええ感じでね。きゅうくつな身の上で、ふだんはこんなところまで、めったに遠出なんかできはらへんし、えらいラッキーやんな、てニコニコしたはる。

お寺の様子もまたシブいのん。高い峰の上の、岩にとりまかれた奥に、その行者はんがこもったはんねん。光君、そこまでのぼっていかはって。名前は伏せて、目立たへん地味な身なりに変えたはっても、そんなん誰か、見たらだいたいわかるやん。

「これは、もったいないお越しで」

てその行者、

「先日、おたずねのあった方でございますな。ここしばらく、世間からは、とおんと

離れておりますし、修験のあれやこれやも忘れてしもておりますのに、なんでまた、お訪ねくださいましたやら」

て、おおげさに驚いて、にっこり、光君をお迎えしはんの。見るからにえらい、徳の高いお坊さんなん。梵字書きつけた護符やなんかささっと作って、光君にのませはる。お祓いやら、祈禱やらうけたはるうち、陽ももう、すっかり高うのぼっててんねん。

ちょっと外でてみよ、て光君、上から見わたさはるん。たっかいとこからやから、山のあっちこっちの僧房が、隠しようもなく覗けんのん。寺からつづく、つづら折の坂の下に、ここと同じような小柴垣やねんけど、ていねいにめぐらしてあるなかに、ちゃんと手入れした木立に、建物やら渡り廊下なんかが小ぎれいに並んでんのん。

「誰が住んではんの」

光君がきけば、お供のものが、

「ああ、あれっすか。なんとかいう僧都《そうず》さまが、この二年お籠もりになったはるとこっすわ」

「ふうん、えっらい立派な方がお住まいやねんな。あーあ、僕のこのかっこう、調子のりすぎたな。こんな貧乏くさいなりで、その僧都さまに会うはめにでもなったら」

こざっぱりした女童らがぞろぞろ出てきて、仏様にお水お供えしたり、お花折って供えたりしてんのんも、高いとこから全部みえてんの。

供人ら、

「およ、あっこに女子っぽい影」

「僧都サマ、まさか、こんなところでヒミツのお囲いか」

「どんな子ぉらなんやろな」

とか、ぺちゃくちゃ言いおうてね。で、おりていって覗くもんもいてて。

「べっぴんちゃん、女子。お子ちゃまもいたはります」

て、その男からの報告もあって。


日が、だんだん高うなってきて。光君、ご仏前でお経よみながら、僕のわらわやみ、大丈夫かなあ、て、チョイ心配。

お供のひとりが、

「あんましくさくさしはんのも毒でっせ。なんぞで気ぃ紛らわさはったら」

そないいわれて、寺のうしろに迫った山のぼって、都のほうを眺めはんの。むこうまでずうっと霞がかって、まわりの木々の梢も、なんやうっすら煙まとってるみたい。

「絵そのものやん」

て光君。

「こんなとこに住んどったら、なんも思い残すことあらへんやろな。天国やわ」

「いえいえいえ」

お供しゃしゃり出て、

「こんなん、たいしたことありまへんて。いつか、地方でかけはって、そこの海やら山やらの名所ご覧なってみてください。光さんやったら、国宝以上の絵描けまっせ」

「そうそう、富士山とか、浅間山とか」

さらに西国のきれいな浦々やら、海辺の景色やら、おすすめポイントあげていくもんもおって。こんなことが光君にとってみたらええ気晴らしにならはんねんな。

良清《よしきよ》いう男が、

「近いとこでいうたら、そやの、播磨《はりま》の国の、明石《あかし》の浦なんかバリすごいで。別になんちゅう趣もあらへんけどや、ただ、ひらぺったい海面つーて見渡しとうだけで、なんちゅんやろ、よそでありえへんくらい、こころがむっさ、ひろびろーってしてきよんやわ。その国のや、前の国司でや、最近頭まるめよったおっさんがいとってな、娘バリかわいがりよんねんけど、そいつの家がや、また、ごっつええ感じにこさえたあるんじゃわ。

大臣の子孫でな、ほっとってでも出世できたはずが、えらいへんこで、ひとづきあいもせんと、近衛中将の位棄てて国司んなって赴任しよってんけど、地元のヤツらからズダボ扱いされて、『いまからおめおめどの面さげて都帰れるかいな』いうて、頭まるめよってな」

光君、

「で、その娘って」

「悪ないんですわ、見栄えも性格も」

て良清。

「代々の国司が手みやげ片手に、つぎつぎ言い寄ってきよんねんけど、ぜーんぜん相手にしようへん。そのお父《と》んがいいよるには『わしはこないに落ちぶれてもうて、ずるずる沈んでいくだけや。そやのに、子ぉはこの娘ひとりだけ。わしには、考えがあるのや。もしわしに先立たれた上、こころざし遂げられず、わしの考えどおりにいかへんかったら、そのときは海へ身投げせえ』て、日頃から言いきかせたあるみたいですわ」

「ふうん、おもろい父娘やなあ」

まわりで供人ら、

「龍神様の玉の輿ねろてんのやな」

「理想高すぎる女子は苦労しはりますなあ」

とか、ぺっちゃらくちゃら。

光君、考え込んで、

「どういうつもりで、海の底の深さまで思いつめはんのやろ。底にはえた海松布《みるめ》がまとわりついてくるみたいで、めんどうやんなあ」

とかつぶやいたりして。なんかこの女子の話にえらい引っかかってしまわはって。だいたいいっつも光サンて、こんな風に普通やない、ちょっとひねくれた展開とかに弱いやんなあ、とか、お供のみんな内心で察したはんねん。

「もう日暮れっすけど、どうやら結局、発作はでえしまへんでしたなあ。ほな、さっさと帰りまひょ」

と、あの、徳の高そうなお坊さん、

「いや、物の怪がついたはるご気配やった。今晩も安静にしはって、加持祈禱うけられて、明日お発ちになりなはれ」

「ああ、それやったら」

「もっともなこっちゃ」

て、みんな納得。光君も、こんな外泊って滅多にあらへんし、気持ち、ちょっとワクワクさせながら、

「ほんじゃ、明け方にな」

春て日暮れが遅いやん。光君、時間もてあまさはって、夕方のぼんやりした霞にまぎれて、さっき上から見た、あの小柴垣んとこまでおりてきはるん。

お供のひとらはもう、都のお屋敷へ帰してしもて、ひとりだけ残した惟光クンと、

垣根のむこうをそおっとのぞいたら、すぐそこにある、西に面した部屋で誰か、仏さんに向かってお経よんだはるん。

よう見たら尼さんやん。簾、ちょっと上げて。お花、お供えしたあんのかな。中の柱に身寄せて、脇息の上にひろげたあるお経、えらい重たるい感じでよんだはるん。ふうん、この尼さん、ぜったい、ただの尼さんとちゃうわ。

四十過ぎくらい。色白で、しゅっとしたはんねんけど、ほっぺたはふわっとして て。目もとの感じもええし、背中らへんで、きっぱり切り揃えたある髪も、たらっと長いだけよりよっぽどクール。

こざっぱりした侍女ふたり、女の子が何人か、出たりはいったりして遊んでんねん。

そのなかにね。

十歳くらいかな。白い下着に、くにゃっと着慣れた山吹の上着かさねて、駆けよってきはった女の子ひとり。ようけいてるほかの子らと、もう、くらべもんにならへん。大きなったら、どんな別嬪さんにならはるか！　切りそろえてひろがった髪が、扇みたいにゆらゆら揺れてて。顔は、泣いたはったんか、ごしごしこすったあとが赤なってて。

「どないしはった」て尼さん。「ほかの子らと、けんかでもしやったか」

見あげる尼さんと女の子の顔、なんとのう似たはるん。ふうん、おかあさんと子どもなんかな。

「雀の子ぉ、イヌキちゃん逃がさはってん。籠んなかに、ちゃあんといれたあったのに」

て女の子、めっちゃ悔しそう。

そばにいてる侍女、

「あきませんよねえ、イヌキちゃんはもう、しょうもないことばっかりして、しょっちゅう叱られて。どこいかはったんでしょねえ、雀ちゃん。せっかくかわいらしいなってきたのに、カラスにでも見つかったら」

いうて、立って去んでまうん。ゆったりした長い髪、まあまあな感じの顔立ち。少納言《しょうなごん》の乳母、て誰かいうたはったけど、このひとか。この子のお世話係なんかな。

「あんなあ、いくつにおなりやねんな」

て尼さん、

「ほんま、よういわんわ。あての命が今日明日、いうのんほっといて、ちゅんちゅら雀追っかけて。なんべんでもいいますけどな、殺生は、罰当たりまっせ。はーあ。

ま、こっちおいで」

　女の子はちんて膝そろえて座らはるん。その顔が、ほんま、超カワイイん。眉らへんがほわっとぼやけて、幼な顔にかきあげたあるおでこ、はえぎわの感じなんか、もうカワイすぎやのん。

「この子の、どんどん成長していく姿、間近で、ずっと見守ってたいくらいや」

　て光君、まじまじ見入りながら。

　ていうか、こころの底から無限大に超ラブな「あのひと」に、じつは、よう似たはる感じがこの子にあるから、僕、こんな風に、じいっと見つめてしまってんねんな。

　はは、なんか、涙、にじんできた。

　尼君、女の子の髪をかきなでながら、

「櫛入れんのん、いや、とかいわはって、きれいなおぐしやないの。おぼこすぎるくらいおぼこいんが、あては心配ですねんで。これくらいの年で、しっかりしたはるひと、よそに、ようけいたはるえ。亡くならはったお姫《ひ》ぃさん、あんたのお母はんな、十の年で、お父上を亡くさはったころから、ずいぶんしっかりしたはった。あてがいのなってしもたら、あんた、ほんま、どない暮らしていかはるつもりなんやな」

　て泣いたはる。光君、なんか無性に悲しなってきはって。

女の子も、さすがに尼君のこと、まじめに見つめて、で、ふっと目を伏せてうつむいた瞬間、さらっ、さららっ、こぼれかかる髪が、目ぇさめるくらいつややかに光るん。

尼君、

「生ひ立たむ　ありかも知らぬ　若草を　おくらす露ぞ　消えんそらなき（これからどない育たはるかわからへん若草を、この世に残して、あては、露みたいに消えてまう。行き場もあらしません）」

そばにいた侍女、「ほんまに」て鼻ぐすぐすさせて、

「初草の　生ひゆく末も　知らぬ間に　いかでか露の　消えんとすらむ（初草がどない育たはるかわかりもせんうち、消えるとか消えへんとか、そないなこと仰ったらあきまへんえ）」

そこへ、修行の身の僧都がどかどかはいって来はって、

「な、ここ、丸見えやで。今日にかぎって、なんでまあ、こんな端っこに。あんな、いまさっききいたんやけどな、この上の聖んとこへ、源氏の中将はんが、わらわやみのまじない療治に来たはんねんて。こそっとお忍びで来はったんやろな、わしかて、ぜーんぜん気づかんかったし、お見舞いにもまだ行けてへんにゃわ」

「え、そら、えらいことで」

て尼君。

「こんなとこ見られてもうたら」

て、簾おろさはるん。

「いまをときめく光源氏はんやで」

て僧都。

「この機会にお目にかかれたら、ラッキー、いうのんか。いちおうわしも、世を棄てた坊主ではあるけどやな、この世の憂いなんかすっとんで、寿命がのびるくらい、ありがたいお方なんやで。さてさて、ご挨拶いってこな」

そないいうて立つ気配したから、光君も行者はんとこ帰らはるん。

「いやあ、かいらしい子やったなあ」て、光君。

「なーるほど、イケイケの先輩らて、こんな感じのちょっとした遠出で、かいらしい子ぉ見つけはるんやな。たまたま、ふらっとこんなとこ来ただけで、僕かて、ビンゴ、やもんな。にしても、チョー、カワイこちゃんやったなあ。どこの誰やろ。『あのひと』のかわりに、一日ずうっとそばにいてもうたら、マジ、めっちゃ嬉しいかも」

行者はんとこで休んだはると、僧都はんのお弟子が来て、惟光クンを呼ばはるん。すぐそばやし、光君の耳にもよう聞こえるん。

「わしんとこ飛ばしてぇ、じかにこっち来たはるやなんて、たったいまききましてえ、仰天しておりますう。ほんまやったら、すぐにでも伺いますんやけどお、わしがここにこもりっきりなんを、知ってはるくせにい、それで完無視てえ、なんぼなんでもすねまっせえ。こっちで泊まってもうたらよろしかったのにい。以上」

「ちゃうねんて」

て光君。

「十日過ぎくらいから、なんや、しょっちゅう発作が出るようになってしもて、ひとにきいて、急にこっちくることになったんやんか。でも、もしここのご祈禱がきかへんかったら、行者はん、世間的に、どうなん、てなるやん。そやし、こっそりきてんねん。すぐ、そっちにも顔だしますし、て、そない伝えといて」

したら、すぐ、僧都はん来はって。お坊さんやのにごっつい気さくで、みんなからリスペクトされたはる人。

光君、安っぽい変装がなんや、恥ずかしいなってくるぐらい。

山ごもりの間のエピソード、いろいろ話してくれはったあと、

「おんなじような草庵ですけどな、うちの庭の泉、涼しおっせ。ちらとでも見にきはりまへんか」

て、えらい誘てくれはるんでね、僧都はんがさっき、まだ会うたことないひとらに自分のこと、大げさにいうたはったんが恥ずかしいねんけど、あのカワイこちゃんにも会えたらうれしいし、ちょっといってみよかなあ、て。

来てみたら、ほんまに丁寧なお庭。まだ月もないから、水辺にかがり火ともして、灯籠にも火いれはって。南向きの客間を、こざっぱり、気持ちよう整えてくれたはる

ん。さりげのう焚いてある、上等すぎるくらいのお香の上に、光君の着物に焚きしめてある、特別なお香が混じって、奥のおんなのひとら、におがはって、もうドキドキなん。

僧都はんの、この世の無常のお話、輪廻のお話、光君はじっときいたはって。

ああ、僕は、罪のカタマリや。怖いくらいや。頭んなか、道をはずれたどうしようもないことでぱんぱんで。現世で生きてるあいだ、このことでずっと悩まなあかんのやろか。そのうえ、死んだあとの後生で、この僕は、どんなひどい報いを受けるんやろか。そろそろ出家して、こんな風なスピリチュアルな暮らしも、ええかもしれへん……。

……けどいまは、昼に見かけたカワイこちゃんラブ。よっしゃ。きいてみよ。

「えーっと、こちらは、誰かほかに、いたはれへんのでしたっけ。なーんかね、前、夢でおみかけしたような気が。いやいや、たったいま、ふっ、て、おもいだしたんですけど」

僧都はん、ひそみ笑わはって、

「いきなりですなあ。御仏のお話に、夢語りて。まあ、いうたかて、がっかりしはるだけや、思いますすけどな。按察大納言《あぜちのだいなごん》て、ずいぶん前に亡くならはったんで、たぶん、ご存じではないでしょうけど、そのお方の正妻が、わしの妹でして。そのご主人が死んでから、出家して尼さんやっとるんですけど、最近、病気しがちで、で、ほら、わしがこないに町中からひっこんでますやろ、そやし、ここの家で養生させてますのんや」

「ふーん。へー。その大納言はんに、若いお嬢ちゃんがいたはる、て、なんや、きいたような気が。いや、ちゃうちゃう、別に下心なんかないですって。マジな話で、適当にいうてみはったところ、

「はい、いてました」

と僧都。

「娘が、ひとり。亡くなってからもう、十何年になるやろか……」

「按察大納言はんな、そのひとり娘を、帝さまのおそばにさしあげるおつもりで、えらい大切にしたはったんですけどな」

と僧都は、光君に、

「その願いもかなわへんうちに、ご自分が亡くなってしまわはって。娘は、わしの妹、出家したその未亡人がひきとって、で、女手ひとつで育ててあげましたんやけど、そのうち、どなたが取り持ってくれはったんか、この娘んところへ、あの、兵部卿宮が通てきはるようになりましてな」

兵部卿宮いうたら、「あのひと」藤壺さまの、お兄はんや！

僧都、話つづけます。

「ところが、その奥方が、えらいご身分の、きっついきっついお方で、娘のほうは気苦労ばっかし、四六時中しんどい思いするうち、やっぱり亡くならはってしもたんで。病は気ぃからて、ありゃ、ほんまの話でんなあ」

つーことは、あのカワイこちゃんて、そのふたりの、お子なんや、て光君は合点。宮様の血筋、てゆーか、「あのひと」の姪っこなんやったら、そら似はるやろ、べっぴんちゃんにも、ならはるやろ。うっわあ、マジ逢いたい。逢いたすぎる。

これ以上ないくらいセレブ感ただよわせといて、へんにおりこうさんなところもあらへん。うーん、どないかならへんかなあ。いっしょに暮らしながら、いろいろ好きなように教えこんで、ええ感じに育ててみたいなあ、この僕が。

「クスン、そら、えらいかわいそうに」

て光君、

「で、そのお嬢はんには、あとに残さはったお子は、誰もいたはらへんのん？」

て、あの幼いべっぴんちゃんの身の上、もっとはっきり知っときたいからきかはんねん。

僧都いわく、

「いやあ、それが、ちょうど、亡くなるそのころに生まれましてん。それも女の子ですのや。妹の尼にしたら、もう先が長うもないのに、なんせ心配の種ばっかしで、て悩んどりますわ」

ビンゴ、ピンポン、ビンゴ、ピンポン。大当たりやん。

「あのね、へんなふうに思わんといてほしいねんけど、僕が、その子ぉの世話役になったらあかんかな、あしながおじさん的な」

て光君。

「妹さんの尼君に、きいてみてくれへん？　いちおう僕、嫁さんいてんねんけど、半分仮面夫婦で、ひとり暮らしみたいなもんやし。ただ、そのへんのロリコンと勘違いされたら、そらちょっと、僕もきついけど」

「ありがたすぎるくらいのお話ですけどな」

て僧都、むすっとしながら、

「さすがにねえ、あの年ではね、いやあ、そらちょっと無理でしょ、冗談でも、あの子といっしょになるいうのんは。そら、たしかに、女っちゅうもんは、ひとにいろいろ世話されて大人になっていくもん……しゃーけど坊主の口から、これ以上はもう、ようしいまへん。ま、妹にいうて、一応、返事させますけどな」

とだけいうて、無愛想に座ったはる。光君は若気に気がひけてもうて、なんもよういわはれへん。

「あ、そろそろ阿弥陀堂いかんな」

て僧都、立ちながら、

「お経あげな。戌《いぬ》の刻のおつとめが、まだですのや。あとでまた参りますわ」

て、お堂へいってまうん。

ビョワー……。外は、ぽつぽつ雨に、さぶーい山風。光君のこころのなかも同じ。どどどど、水かさ増えた滝のよどみの音が、ふだんよりいっそう響いてるん。どどどど。

ちょっと眠たそうなお経の声が、途切れ途切れにきこえてきて、なんか、ぞわっとする感じ。いくら場の読めへんひとでも、こんなとこ連れてこられたら、きもちがシューンて萎えてくるやろね。まして、光君やん。胸んなかで、いろんな思いがめぐりめぐって、ぜんぜん眠とうならはれへん。戌の刻のおつとめ、ていうてはったのに、もうずいぶん夜も更けてもうてて。

「ん、奥のほうでも、誰か起きたはる?」

耳すましたら、ほんま小ちゃく、数珠が脇息に当たる音が、カチャカチャ響いてて。あ、なんやなつかしい音、衣ずれかな、さやさや、さやさや。はんなりしたはる、て、ほんま、こんな感じやんなあ。

すっ、て足むけてみたらえらい近いん。表に何枚か立ててある屛風の、まんなからへんに隙間あけて、パチン、扇を鳴らさはるん。

むこうで、怪しがったはる気配。知らんぷりもできひんし、誰か、にじり出てきはってすぐ、ちょびっとだけ後ずさりして、

「なんやのん。そら耳かしら」

て、お付きの侍女がいわはる。

光君、

「真っ暗ななかでも、御仏は、正しい道へお導きくださりますやん」

その声が、いかにも若々しいし、お上品すぎて、自分の声が恥ずかしいくらいなんやけど、侍女、

「どちらへ、お訪ねどす。うち、ようわかりまへんねんけど」

光君、

「いや、すんません。いきなり声おかけして、警戒しはって当たり前ですわ。ただ、

『初草の　若葉のうへを　見つるより　旅寝の袖も　つゆぞかわかぬ（まっさらな若葉みたいなあの子を見てから、恋の涙でもうぐしょぐしょな旅寝の僕）』

て、こない伝えてもらえますか」

すると侍女、

「えー、そんなラブレター、うけとらはる人間、ここにはいたはりませんえ。いったい、誰にお取り次ぎしたらよろしいやら」

「ふふ、そのへん、うまいこと察してえなあ」

ていわはるんで、侍女、奥にいって、尼の君にまんま伝えます。

「軽！」

て尼君。

「うちの孫の年で、そんな相手できるて、本気で思たはるんやろか。にしても、あの若草の歌、いったいどこできかはったんやら」

て、頭んなかはてなマークの列がぐーるぐる。けど、ずっとほったらかしなんも失礼やし、

「枕ゆふ　今宵ばかりの　露けさを　深山《みやま》の苔に　くらべざらなむ（今夜かぎりの旅の枕の涙を、山奥に根づいた苔みたいなうちらの苦心と、おんなじにせんといておくれやす）ほんま、こっちは苦労しとんのに」

て侍女に伝えさせはるん。

「あのお、僕、あんまし慣れてやしませんねん、こういう伝言ゲーム」

て光君。

「すんませんけど、いま、僕ちょっと、マジに話したいこと、あるんですけどお」

「ええっと、あの、なんや勘違いしたはるんとちゃいますか」

て尼君。

「いやほんま、あんまし男前でいたはるさかい、あて、なにをどないお返事さしあげたらよろしいんやらと」

そないいわはるんを、女房らが口寄せて、ヒソヒソ、

「あのお、ずうっとほったらかしにしはんのんも、気まずう思わはるんちゃいますか」

「まあ、そやね」

と尼君。

「お若いお嬢やったらまだしも、まあ、うちみたいなおばあちゃんやしな、出ていってもかまへんかもね。ふざけたはるわけでは、ないみたいやし。ほな、失礼して」

て、にじり出てきはるん。

「初対面のくせに、いきなりこれて、チャラチャラしてるて思われてしゃあないタイミングですけど」

て光君。

「こころの底からマジのマジ、仏さんならおみとおしの……」

いいかけたけど、しらー、て落ちつきはらったはる尼君の態度に気圧されて、つづきはゴックン、のみこんで。

「いやあ、ほんまにね、思ってもみいひんことで」

と尼君。

「ま、そないまでいうてくれはるんはありがたいことですわ。そやし、誰も別に、チャラついたはるやなんて、思てもおりまへんえ」

「その、あの、お孫はんのことなんですけど、いや、ほんまにおかわいそうな子ぉやなあ、て」

て光君。

「この僕を、逝ってしまわはったお母はんの代わり、くらいに、思てはくれはらへんでしょうか。僕自身、なんもようわからへん年の頃、慕わしい、大切なひとに先立たれてしもて、そのせいで、ふわふわ、クラゲみたいに頼りなく、歳月を重ねてこなあきませんでした。同じ身の上同士、いっしょに住まわしてもらえへんでしょうか。マジにいうてます。こんなチャンス、滅多にあらへんでしょうし、そちらがどない思わはるかはおいといて、思いきって、お願いする次第ですっ」

そないいわはんのを、尼君は、

「あのですなあ……ほんまやったら大喜びしなあかんとこでっしゃろけど……いいにくおますねんけど、なんや、そちらへ、まちごうて伝わってしもてることがおへんか。この老体ひとつ、頼りにせんとあかん、あの孫ですけどな、ほんまのほんまに、まだ他愛のないようなもんで、とても、お目に入れていただけるような子ぉや、あらしませんねや。どないいわれたかて無理ですわ」

すると光君、

「いやいやいや、事情は僕、ぜーんぶ聞いてますし。そんなに気ぃ使てもらわんで、ダイジョーブですて。ふだんの僕とは、ね、心根が、ぜんぜんちゃいますねん。ね、わからはるでしょ?」

これきいて尼君は、

「ぜーんぜん、わかったはらへんわ、ハア」

て、むすっ、としたまま返事しいひんのん。

そのうち、僧都も帰ってきはってね。

「ま、ええわ」

て光君。

「話の糸口はつかんだし。これで、OK、OK」

て、屛風を押し立てて、いそいそ出ていくん。


藤壺さま、なんやしんどうて、宮中から里帰りしたはって。

都へ戻ってきた光君は、心配でたまらへん帝さまのご様子を気の毒に感じながら、このチャンスに、藤壺さまと、逢うだけでも逢われへんやろか、て、こころはフラフラ上の空。つきおうてる娘ら全員完無視で、宮中でもおうちでも、昼間はぼーんやり過ごさはって、日が暮れた途端、どうにかならへんか、なんとかならへんのんか、なあ、て王命婦《おうみようぶ》せっついてまわらはるん。

で、どないな手ぇをまわさはったんか、普通やったら絶対ありえへんそのデートの間じゅう、光君にとってみても、瞬間ごと、自分のしたはることのひとつひとつが、理にはずれすぎてて、ほんまに起きてることやて到底おもわれへんのね。

藤壺さまも、前の密会場面をつらつら思いださはって（じつはこのふたり、前に一度だけ、こっそり逢うたはったんやんか）。

ああ、生きてるあいだ、胸にずっと突き刺さったまんまのトゲやわ、もうこれきりにしとかへんと、て、そないに決心、かためはったはずやのに、またまたこんな風なことになってしもて、ああ、ほんま、自分で情けない、て、そんな表情なん。

そやねんけど、光君へのやらこい、情のこもったしぐさや、なれなれしすぎへん、慎み、恥じらいを包んだやりとりとか、やっぱし、そこらへんの女子とはレベルがぜんぜんちゃうわけ。

「なんでこんな完璧やのん、こんなひと他にいたはるわけないやん」

て光君、甘い逆ギレみたいに思わはるん。

伝えたいこと、全部いえるわけあらへん。この真っ暗な夜のまんま、藤壺さまの底の底へ沈んでたいねんけど、あいにく、四月の夜て短いやん。こんなんやったら、逢えへんほうがまだ気ぃが楽やった！

「見てもまたあふよまれなる　夢の中に　やがてまぎるる　わが身ともがな（僕らこの世で、またいつ逢える？　このまんま夢んなかに、溶けてしまえたらええのに）」

詠みながら、ひっくひっく、涙にむせかえったはる。

藤壺さまのほうも思わず、胸が熱うなってきはって、

「世がたりに　人や伝へん　たぐひなく　うき身を醒めぬ　夢になしても（世のひとらが、いろいろいわはるのとちゃいますか？　醒めへん夢の底にわたしたち、ずっと身を沈めたまんまいてたとしても）」

藤壺さまが、こんな風に思い乱れはったって、まあ、しゃあないやんなあ。王命婦が、脱ぎ散らかした光君の服、かき集めてもってきはるん。

それからしばらくは光君、家でしくしく、涙にくれて暮らさはるん。なんぼ手紙書いても、いつも通り、未読、未読、未読、で返されてくるし、はあ、て苛つきながら、ほんまに魂抜けたはるん。

宮中にもあがらへんと、二日も三日も、ただひきこもってたら、帝さまから、「だいじょうぶか、また発作なんか」て、心配してお尋ねがあって。で、冷静に考えてみたら、自分のやってることの罪深さが、もう、恐ろしいて恐ろしいて。

藤壺さまも、ああ、やっぱし、わたしってほんま、どうしようもない……、とか、思い悩みまくったはるうち、気分がなんや、日に日に、いっそうひどなってきて。早う参内しはるように、て、何度もお使者がせっついてくんねんけど、ぜんぜんそんな気になられへんのん。

この感じ、いつもの気分の悪さとちょっとちゃう。なんやろ、ああ、ひょっとしたら、て、ひとり、こころのうちで思い当たらはることもあって。

ああほんまに、こんなん、底の底からありえへんやん、どないしょう、ほんまにわたし、どないしょう！

暑いうちはもう、起きてもきはらへん。とうとう三ヵ月のおなかになって、まわりの目にもはっきり、そうや、ってわかるん。

うち騒ぐ女房たち。

「なあ、見はった？」

「見た見た」

ありえへんこの宿縁に、藤壺さま、もうこころこわれかけ。

女房たち、

「三月のいままで、帝さまに、お伝えしたはらへんかったたって」

「ふうん、なんでなんやろねえ」

ほんまのことは、わたしだけのこころの底に、ずうっと沈めとかな……。

お湯浴みの係で、そばについて、なんでもようわかってる御乳母子《めのとご》の弁や王命婦らは、なんかこれ、ヤバいんちゃう、て薄々わかったはんねんけど、口に出して、そうとはいわはらへんのん。どないしようにも逃げられへんこの宿縁に、事情知ってる王命婦は、そおっとみぶるいしたはるん。

内裏のほうには、御もののけにとり紛れて、おなかの様子に気づかへんかった、くらいに奏上しはったんとちゃうやろか。まわりの女房らも、そんな風に思てはったみたいやし。帝さまは、いっそう深い情愛をかけはって、ひっきりなしにお使者よこしてお見舞いしはんのん。藤壺さま、もう、そら恐ろしゅうて、そら恐ろしゅうて、こころの休まる暇なんか一瞬もあらしまへん。

光君も、ふつうやあらへん、おどろおどろしい夢見はって、夢占いできるもん呼んで占わせてみたら、もう、とんでもない、この世がひっくりかえるみたいなこと、夢判断でいわれて。占い師がいうには、

「そないですなあ、こういったご運勢の流れのなかで、ボタンの掛け違いがあって、しばらく、おとなしゅう引っ込んではらなあかん時期があるやもしれまへんな」

なんかヤな感じやなあ、て光君、

「あのな、これ、僕の夢とちゃうし。ちょっと知ってるやつの話やしな。この夢がほ

んまになるまで、誰にもいうたらあかんで」

いいながら、こころのなかでは、いったいなんのことやろ、て、お考えめぐらさはんねんな。そのうち「あのひと」のご懐妊が噂になってきこえてきて、ああ、ひょっとしたら、あの夢ってこのことか！　て思いあたらはんねん。で、これまで以上に切々と、ことの葉を尽くして手紙出さはんねんけど、間に入った王命婦としても、ヤバすぎてシャレにならへん話やし、どないかして、ええ策ひねりだすとか、もはやそんな問題やあらへんねんな。これまでは、ごくたまに、ささっと走り書き程度の返事はあってんけど、こんなことになってしもたらもう、やりとりは完全に途絶えてしもて。

七月になって、藤壺さま、ようやっと内裏にあがらはるん。だいぶ久々やし、帝さまとしたら目のさめる思いで、いとおしさがとめどなくあふれてきはるん。

ちょっとふっくらしはったんかな、けど、愁いがかって面やつれしてもみえて、マジ、ありえへんくらいの美女やのん。例によって、帝さま、明けても暮れても藤壺さまのお部屋にいりびたらはって、音楽の秋、いうくらいの季節でもあるし、なにくれとなく光君のこと呼びださはってね、お琴でも笛でも、なんでもリクエストしはるん。

光君、必死で胸のうち隠したはんねんけど、つい、がまんできんと、思いがにじんでまうときもあんねんな。そないなってもうたら、もう、藤壺さまのほうでもこらえきれへん。あふれてくる思いの波に、抗いようもなしに揺さぶられたはんねん。

あの山寺の尼君ね、わりと体調がようなってきて、山から出てきはって。都で住んだはる家に、光君、ときどき手紙だしたりしはって。返信に書いたあることは、まあ、前のとおりなんはしゃあないけどね、さらにそのうえ、この何ヵ月かは、藤壺さまへの思いも重なって、なんにも他にできへんまま過ぎてまうん。

秋も暮れかかりの九月、やたらに心細うて、光君ため息ばっかし。月のきれいな晩、こっそりつきおうてる別の彼女んとこ、ちょっと行ってみよかな、てようやっと思いたたはって、ふらっと出かけはったら、パラパラって時雨がふりかかってきて。

場所は六条の京極《きょうごく》あたり。内裏からやから、ちょっと遠出な感じはすんねんけど、その途中で、荒れ果てたお屋敷に、ふと目ぇとめはるん。えらい古そうな木立が、うっそうと茂ってあって。

「亡くならはった、按察大納言はんのお家っすわ」

て、いつものお供、惟光クン。

「こないだ、ついでがあってふらっと出かけたんすけど、あの尼君はん、えろう弱ってしまわはって、みんな困ったはるみたいでしたわ」

「そら気の毒やなあ」

て光君。

「けど、そんなんはよ言えや。僕こそ、お見舞いいかなあかんのに。いまちょっと、挨拶してきてくれるか」

惟光クン、お供をお屋敷に行かせて、取り次ぎ頼まはんの。わざわざここまで、光君がお見舞いに立ち寄らはった、て伝言させたら、相手も先方へ、

「これこれで、光さま、お見舞いに来やはりましたあ」

思いもよらへんお越しに、女房らもびっくり。

「ああ困ったわ、どないしょうか。尼君様、ここ何日か、また急に、えらいしんどがったはるやん。面会なんか、とてもムリなんちゃう」

けど、そのままおひきとりください、とか、畏れ多すぎやん。南の廂の間、手早く片付けて、光君お迎えするん。

「むさ苦しいとこで、ほんま申し訳ありませんえ。せめてお見舞いのお礼だけでも、いうことでして。思いもかけへんことで、こんな陰気な御座所ですけど」

てお付きの女房。見まわしてみたら、そのことばどおり、たしかにちょっと普通やない雰囲気。

「お訪ねしんな、て、ずうっと頭にはあったんです。けど、そちらからのお返事が、なんやつれない感じやし、遠慮したほうがええんかなあ、って。それに、そんなご容態やなんて、想像もしてませんでしたよ。ほんま、僕、なんていうたらええか」

て光君、敷居の向こうへ話しかけはんのん。

尼君、女房の口伝えで、

「しんどいのんは、いつものこっておますけどな。こない、いまわの際を迎えまして。かたじけないことに、わざわざお立ち寄りくださりましたのに、自分の口で、じかにご挨拶できしまへんとは、面目もおへん。先からおっしゃってくれたはる、あのお話ですけどな、もし、万が一、お気持ちにおかわりがあらへんようどしたら、あの子ぉが、それ相応の齢、迎えられたあかつきに、是が非でもどうか、ものの数に、いれたってやっておくれやす。あんなに頼りげのない、心細いのん置いて、て思たら、あても到底、往生なんぞできしまへん」

て、そないいわはるん。女房らにむけてやろね、ねきに伏せったはるから、心細げな声がきれぎれにきこえてくるん。

「ああ、ほんまに、畏れおおいこっちゃ。せめて、あの子ぉが、あいさつ、できるくらい、しっかりしてくれたはったら、はあ」

光君、しみじみ胸に迫ってきて、

「半端なきもちでこんな一途な自分ようみせられませんて。ほんま、どういう因縁なんか、ひと目会うた瞬間から、胸がきゅーんて絞られっぱなしで、僕、どないかなったんかな、て思うくらい。ぜったい前世から結ばれてますねんて」

て、こないいうたあと、

「あの、せっかくここまでお訪ねしたんやし、あの子のかいらしいお声、ひとことでもええんで聴きたいんすけど」

女房らは、

「いやいやいや、なんにも気にしやはらへんで、ぐっすり寝たはりますえ」

いうてたら、向こうからトコトコ歩いてくる足音して、

「ねえねえ、おばあちゃまあ、前あのお寺で会わはった、源氏の光さん来たはるんで

しょ。なんで会わはらへんのん、ねえ」

うわ、タイミング悪、て女房らみんな息のみながら、

「しいっ、静かにしはらへんと」

「そやかてえ、こないだあ、光さん見たら気分わるいのん飛んでいってしもたて、おばあちゃま、そないいうたはってんもん」

て、うちええことおぼえとってよかったでしょ、みたいな調子でいわはるんを、かいらしいなあ、て光君、ニコニコしたはんねんけど、女房らがもう気絶しそうなんわかるし、耳に入らへんかったふりして、ていねいにお見舞いのことば言い残して帰らはってね。

「いや、おばあはんのいわはるとおり、あのおぼこさはヤバイな。でもな、あそこからいろいろな、手とり足とり教えこむんが、フフフ」とか思たはんねん。


十月には、朱雀院への行幸があんのん。ええお家の子らや、上達部、殿上人らのなかで、踊りのうまいひとらはみんな、当日の舞い手に選ばれたはって、親王も大臣

も、それぞれの舞のおさらいや練習にはげんだはってね。

光君、あの尼君と、そういうたら、えらいごぶさたやんなあ、て思いださはって、また引き移らはった北山の田舎まで、わざわざお使者よこさはるん。したら、僧都からのお返事だけあって、

「先月の二十日ごろ、とうとう逝ってまいよりました。世の道理、とは申せ、深い悲しみに沈んでおりまする」

光君、この世のはかなさ、しみじみ嚙みしめはんの。あの、最後まで心配したはった子ぉは、いま、どないしたはんのやろ。まだあんな小ちゃいねんし、さぞ恋しがったはるんちゃうんかなあ、て、自分自身、母親の桐壺の更衣と死に別れたときのこと、はっきりとはしいひんけど、ぼんやり思いださはって、ねんごろに、お悔やみのことば送らはんねん。そのうち少納言から、空気よんだ、すきのない返信かえってくるん。


尼君が亡くならはった二十日間の忌みが、ようやっと済んで。

あのカワイこちゃん、いまは京のお邸におちつかはった、て、そないな噂をきかはったんで、ちょっと経ってから、身があいた晩に、光君、ふらっと訪ねていかはるん。

見るからに荒れ果てて、不気味な場所やなあ。人気もこんな少ないし、あんな小ちゃい年で、どんなにか怖がったはるやろ。

前にも来た南の廂の間に通されて、乳母の少納言から御簾ごしに、尼君が亡くならはったときの様子、泣きながら聞かされるん。よその家のことやねんけど、光君もつい、もらい泣きしはってね。

「お父上の、兵部卿宮さまのお邸へお連れすることにはなってるんですが、尼君さまが亡くなる前、こないいうたはりましたん。『前に亡くならはったお母上の姫君が、あないにしんどがったはったあのお邸でっせ。もうそんなおぼこでもあらはらへんくせに、前もうしろもまだ、なあんもようわからはらへん、どっちつかずの状態のあの子ぉが、ぎょうさんいたはるお子らに混じって、継子あつかいでイジメ倒されるんが、あての目にはありありと見えますわ』て」

少納言、ため息ついて、

「で、実際そんな話もようききますし、ああ、どないしようか、ていうこのタイミングで、お引き取りになりたいやなんて、たとえ今だけのお気持ちでも、光さまから、そんなもったいないお言葉頂戴して、先々のことはまあ置いとくとして、ほんま、承るだけでもありがたいことやと思ております。ただ、うちの姫は、いろんな面で、ほんま、まーだまだですねん。年の割におぼこすぎなとこもございますし、うちらとしては、うーん、その辺ちょっと、どないなんやろなあ、って」

「なんなん、それ。まだ、そないなことというたはんのん」

て光君。

「あのなあ、そういう他愛のない表情に、じんわり、なつかしさがにじんでんねん。僕の目ぇにはそう見えてしゃあないん。それこそ、僕らふたりの、縁が浅うない証拠とちゃうんかなあ。ああ、人づてやのうて、あの子にじかに話したいなあ。絶対すぐわかってくれはるんやけどなあ。

『あしわかの　浦にみるめは　かたくとも　こは立ちながら　かへる波かは（葦の若芽の生える和歌浦に海松布は生えにくい、それとおんなじくらい会いにくい、いわれて、すごすご帰っていく僕やあらへんで）』もう、たいがいにしときや」

「あら、いや、ほんま畏れ多いことで」

　て少納言も、

「寄る波の　心も知らで　わかの浦に　玉藻なびかん　ほどぞ浮きたる（寄ってくる波の本心がわからへんのに、若い玉藻をふわふわなびかせる、て、浮つきすぎとちがいますか）どうぞ、ご勘弁しておくれやす」

　て、こないな少納言のリアクションがおもろかったんで、光君、ちょっと上機嫌。ハミングまじりに「なぞ、恋ひざらん」とか、替え歌でうたわはんのを、女房らはうっとりきいてんのん。

　あのカワイこちゃん、逝ってしもたおばあちゃんが恋しいて、めそめそ泣き伏したはんのん。けど、遊びともだちが、

「なあなあ、紫ちゃん、向こうに、なーんか、ぴしっと決まった服、着たはるひといたはんで、あれ、おとうはんちゃうかー」

　いうんで、起きてきはって、

「なあ、しょうなごおん、大人の服着たはるひとて、どこ？　おとうはんなん？」

て近寄ってくる声が、もう、ぐうかわ！　光君、すかさず、

「ごめーん。おとうはんとはちゃうねんけど、仲良うしたってー。こっちおいでやー」

御簾の外でいわはんのを、あ、あのめっちゃセレブなおにいちゃん、て、すぐ聞き分けはったんは、紫ちゃん、さすが鋭いわ。

「ああ、おとうはん、やて。むっちゃ恥ずいこというてもうた」

て思わはって、乳母の少納言のそばへそそっと寄って、

「なあ、なあ、ねぶたいん」

「まーたそんな、照れたはって」

て光君、

「ぼくが膝まくらしたげましょ。こっちおいでって」

と、少納言が、

「お聞きのとおりですわ。まだまだ、ほんのおぼこで」

ていうて、とん、て背中押すん。とっとっと、て紫ちゃん、ぽかんとなったまま床に女の子座り。そこへ、御簾のむこうから光君が、手ぇさしいれて探らはる。着慣れてくたっとした着物の肩に、つやつやしい髪がかかってて、ふさふさと豊か

なその一本ずつが、伸ばした手を自然にくすぐってくるん。もう、辛抱たまらん！

光君、手ぇ握らはるん。

紫ちゃん、

「いやっ！」

よそのひとが、なんで？　なにしはんのん？

「うち、もうねますし」

て、振りはらって奥へはいろうとしたら、光君、すっ、てそのまま一緒にすべりこんできはって、

「な、おばあちゃんいたはらへんようになってもうて、いまはもう、ぼくがお世話係やし。こわがらへんでええしな」

少納言はにがりきった顔で、

「ちょっとちょっと、なにしはるんです。喪中でっせ、度が過ぎまっせ。なにいわはったかて、この子にはまだ、通じいしまへんのに」

「わかってるって」

て光君。

「こんなちいちゃい子ぉに、なあんもするかいな……ただやな、この僕のな、海より

深いきもちを、知っといてもらいたいだけやって」

外はびょうびょう霰《あられ》が降りまくってて、真っ暗闇の夜がひたひた迫ってくるん。

「おお、コワ、コワイやろ！」

光君はおおげさに涙ぐまはって、

「女子ばっか、しかも、こんな少人数で、心細うてたまらへんやん。あ、そや！」

いいながら、表情はもう、まんま正義の味方。

「格子、ぜんぶ下ろしてまえ！　外、なんか変なもん出てきよるかもしらへんぞ。えぇか、この僕が、朝までそばで見はっといたるしな！　さあ、みんな、僕のそば、寄っといで！」

んなこといいながら、風みたいに自然に、紫ちゃんの寝床を囲んだ帳《とばり》のなかに、ふわっ、てもぐりこまはるん。

「うわ、信じられへん！」

て、女房ら、全員どん引き。帳のまわりで、シーン、て凍りついたはる。

「うわー、このエロガキ、最悪」

て少納言、内心で。けど、帝さまのお子の光君相手に、大声荒らげて文句いうわけにもいかへんし、ぺたんて座ったまんま、ああ、ああ、ああ、てため息ばっかし。

帳のなかでは、紫ちゃん、マジ、びびってもうて。

「うち、どないなんのん」

て、ぶるぶる震えはって、つやつやのお肌にも、ぞわぞわ寒《さぶ》いぼたったはるん。

「こういうのんがまた、かいらしいねんなあ」

て、光君、紫ちゃんの肩に、単衣《ひとえ》の着物だけ押し包むみたいに着せつつ、我ながら、僕いま、ちょっと、メーター振り切ってるかも……。

しみじみした声色で、

「なあ、おいでえや、ぼくのうち、たのしいマンガとか、お人形さんとか、山ほどあんでえ」

て、ほんまやさしい感じにいうて気ぃ引かはんの。幼心にも、だんだんコワさ自体は薄れていくねんけど、でも、リラックスなんかできるわけあらへんし、紫ちゃん、そっぽむいて横になったまんま、ずうっともじもじ。

ひと晩じゅう、風が吹き荒れまくってて。

女房らは、

「ほんま、光さまがいたはらへんかったら、どんな怖かったやろか。どうせやったら、おふたり、お似合いの年ごろやったらよかったのに」

て、ささやきおうてんの。乳母の少納言、気が気やあらへんし、ほんのねきで控えたはんねん。風がだんだんやんできたんで、光君、まだ夜も明けてへんうちに帰り支度しはんねんけど、傍からしたら、やることやっての朝帰り、にしか見えへんやんなあ。

「ほんまに、しみじみかいらしい子ぉや」

て光君。

「これからは、毎日、一瞬ごとに心配でたまらへんでしょう。朝晩、僕ひとり、ぼんやり暮らしてる家があるんで、はよそこに引っ越しましょ。このままの状態で、ええわけないですやん。心細かったやろに、今日までようこんなとこで」

「いや、あの、兵部卿宮さまからも、お迎えにこられるようなことおっしゃってこられたんどすけど、まずは四十九日が済みませんことには、なんも」

て少納言。

それきいて光君、

「たしかに血のつながりはあるやろけど、これまでずうっと離ればなれに暮らしてきはったわけやろ。なつきにくいんは、僕もあっちも同じことやと思うで。知りおうてまだ日ぃは浅いかもしれへんけど、気持ちの深さは僕のほうがぜったい勝ってるっ

んのん。

ていうて、紫ちゃんの髪、かき撫でかき撫で、何度もふりかえりながら出ていかはて、いや、マジな話」


光君、左大臣邸に戻ったはるところ。あいもかわらず葵サンは、いそいそ出てきはる様子もなし。なーんやおもんない気持ちのまんま、東琴《あずまごと》ジャラジャラ掻き鳴らして、

「常陸《ひたち》にはー、田をこそ、つくれー」

とか、声だけはさわやかに口ずさんだはんの。そこへ惟光クン参上。

「で、向こうはどんな感じなん」

「えーと、かくかく、しかじかっす」

うーん、あかんやんそれ、て光君。あの父宮たらいうやつんとこへ、いったん引き取られてしもたら、あとで作戦ねって、なんとか連れ戻したとしても、世間的にチャラ男呼ばわりされたら立つ瀬あらへん。ロリコン誘拐魔とか噂たったら、もう最悪や

し。

　うん、そないなる前に、ちょっとの間、ひとには黙っといてもろて、先にこっちへ連れてきたろ。

　光君、惟光クンに、

「暁ごろ、あっちのお邸いくしな。クルマはいまのまんまでええから、随身ひとりかふたり、用意しとくよう、いうといてくれるか」

「ラジャー」

　さーて。それにしても、どない運んだらええやろな。下手こいたら、マジで世の中全体から、ロリコンのレッテル貼られてまう。向こうが分別つくくらいの年やったら、はたから見ても、あ、おたがい納得して、そないなことになったんやな、て、ふつうに想像しよるんやろけどな、世間って。あの子ひっぱりだしたあとで、父宮からガーガー文句いわれたら、ほんまにもう、生きっ恥やんな。

　こんな風に、うじゃうじゃ悩みに悩まはって。けど、このチャンス逃してしもたら、て思うと、それもまためっちゃ悔しいてね。

で、まだ夜更けのうちに出発しはるん。葵サンあいかわらず、そっぽ向いてツーン

「いや、ちゃうねや。二条のうちのほうで、はずされへん用事あったん、いま思いだしてん。終わったら、すぐ戻ってくるし、なっ」

そないいうて、そっと出ていかはるし、お付きの女房らもぜんぜん気づかへん。自分のお部屋で直衣なんかだけ着替えはってから、惟光クンだけ馬に乗せて出発しはるん。

夜明け頃の門。惟光クンが、とん、ととん、て叩いて。事情わかってへん誰かが、むこうからあけた瞬間、さあ、て夜のしじまに乗って、光君、クルマでつっこまはんのん。

惟光クン、妻戸を叩きながら、エヘン、エヘヘン。乳母の少納言が出てきはって。

「ええっと、ここに、来てはりますねんけど、光さんが」

「はあ？　うちの姫はとっくのとうに寝たはりまっせ。こんな遅うに、なんどす？（どっかのおなごと逢わはった帰りか……？）」

するとと光君、

「なんや、紫ちゃん、おとうはんとこ移らはるらしいやん。それやったら引越の前に、いうとかなあかんことありますねん」

「へえ。なんでっしゃろなあ」

て、少納言、皮肉たっぷりに笑いながら、

「そうですなあ。この時分やったら、ちょうどうちの姫、どないなことでも、はきはきお返事できまっしゃろなあ」

ほんなら、光君、勝手にずんずんはいっていかはんねん。

「あきまへんて！」

少納言、あせって追いすがるん。

「奥は、年増の女中らが、油断しまくりで、寝間着のまんま、ごろごろしてますんやで！」

「ふふ、あの子ぉ、まだ、グーグー寝たはるんやんなって光君、ぜーんぜんきいたはらへん。

「よっしゃ、僕がドッキリで起こしたろ。こんなきれいな朝霧も見んと、グースラ寝てるて、そら女子として怠慢でしょ」

ひらり、部屋んなかへ。

「あかん！」

いう間もあらへんの。

無邪気にすーすー眠ってる紫ちゃん。光君が抱きあげて起こさはったら、て目ぇさまさはって、まだ寝ぼけてて、おとうはんが迎えにきはった、て、思たはるんかな。

「うーん」

その黒髪かきあげ、なでつけながら、光君、

「さあ、いこか……。ぼくやで、おとうはんのお使いできてん」

え、な、なに！　紫ちゃん、ひっくり返って仰天。大パニック！

「えー、なにそれ、ちょっとひどない？」

て光君。

「ぼくかて、おとうはんと、おんなじ人間やで〜」

そないいいながら、紫ちゃん、お姫様抱っこして出てきはるん。

少納言はもちろん、惟光クンまで、

「な、なにしはりますのん！」

て、立ちつくしてどん引き。

「え？　前に、ちゃんというといたやん、僕」

て光君。

「ここんちな、そんなしょっちゅう来られへんし、そやし、僕ん家きたらええんちゃ

う、て。それをやね、なんの断りもなしに、いきなしおとうはんとこ連れてくて、それ普通、あり得へんやろ。さ、僕らは行くしな。誰かひとり、こっちついてきたってや」

少納言、がくがくしながら、

「ほんま、勘弁したってください。こんなん、お父君に、どないいうたらよろしおますねや。もしおふたりが、そないなる運命やったとしたら、時間が経ってからでも、きっと、自然に、そないならはるんとちゃいますか。なんの用意も、こころの準備もありまへんのに、お仕えするうちらにしてみたら、殺生にすぎまっせ」

「フーン。なら、まあええわ。あとから寄こしぃ」

いうて、クルマ、後ろから乗るつもりで、惟光クンにバックでいれさせはるん。集まってきたひとらみんな、あまりのヤンチャぶりに啞然呆然。紫ちゃんもパニック状態のまんま泣きまくってて。

少納言、もうとめてもムダやわ、てあきらめて、ゆうべ縫った服何枚かかき集めて、自分も、まだましな服に着替えてからクルマ乗るん。

二条院はすぐそば。まだ明るみもささへんうち、光君、西の対屋にクルマ停めて、紫ちゃん、ふわって抱えあげておりはんねん。

少納言はクルマんなかで、

「なんや、まだ夢のなかみたいで。うち、どないしたら……」

光君、

「自分次第ちゃう？　紫ちゃん、ここへ連れてこれて、僕、もうＯＫやし。帰りたいんやったら、惟光に送らせせんで」

そないいわれ、少納言、苦しい笑い顔、無理くり浮かべて、クルマおりはるん。ジェットコースターみたいな展開で、胸もまだかき乱されたままで。父君はいったい、どない思わはるか。お嬢はん自身の、この先も心配や。なんにしても、おかあはんやおばあはんらが亡くならはったんが、ターニングポイントやったなあ。

紫ちゃんの門出を、不吉に濡らすわけにいかへんから、少納言そこは、あふれそうな涙、ぐぐっとこらえて。


西の対はふだん、住居としては使ったはらへんし、御帳もまださがってへんの。惟光クン呼んで、その帳、屏風やなんか、あっちこっちにしつらえさせはんのん。几帳の横木から帷子《かたびら》垂らしたり、御座所整えたりしたら、もう、お部屋のしつらえはバッチリ。いつも暮らしてる東の対からふとん持ってこさせて、さっさと横にならはるん。

紫ちゃんはもう、ブルってもうて、うち、どないなんのやろ、て、消え入りそうに思ったはんねんけど、さすがに、えんえん泣き出すわけにもいかへんし、

「少納言とこで寝たい」

いわはる声が、ほんま、まだお子ちゃま。

光君から、

「もう、そういうんはナシ。キミはここで寝んの」

て教えてきかすみたいにいわれて、もう、辛抱できひんと、ぐしゅぐしゅしゃくりあげながら伏せったはる。乳母の少納言、隣で、横になれるわけあらへんし、ボーゼンと起きたまんま。

そのうち、だんだん夜があけてくるやん。見わたしてみたら、御殿の造り、お部屋の立派さは言うまでもあらへんし、庭の白砂も宝玉を敷きつめたみたいで、それに引きくらべてこの自分、て、少納言、なんや顔ほてってくる気配で、引け目感じたはんねんけど、こっちの西の対には、ほかの女房やなんか、お仕え役はまだぜんぜんいて

へんのん。たまに来るお客を通すための部屋やったから、御簾のむこうには男子しかいたはらへん。

女の人、ここへ迎えいれはったたらしい、てきいた男子ら、

「どんなおひとやろ。並々のことやあらへんで」

て、ささやき合うたはんの。

顔洗たり、お粥食べたり、光君、西の対ですまさはる。日ぃが高うなってから起きださはって、

「お仕えのもんがおらんと、不便でしゃあないやんな。夕方なってから、もとの家に残ったはる女房ら呼んでこよな」

いうて、東の対から女童、呼びつけはんのん。

「小さい子ぉらだけ、とりつくろうておいで」

いわはる声に、ほんまかいらしいなりで、女の子四人、ちょこちょこ西の対まで来はんの。着物まとわはった紫ちゃんが、すーすー寝息たてたはんのを、光君、突っついて起こさはって、

「な、んな、つれのうしんといて。ええかげんな気持ちだけのチャラ坊が、こんなやさしいに尽くすかいな。女子って、いわれたら素直にきくんがモテのコツやで」

とか、この年から教えてきかさはる。

紫ちゃんの顔だちて、離れて見てるよりか、よっぽど気品だってて美人さん。光君、めっちゃやさしそうに話しかけはって、ご機嫌とりに、マンガやらおもちゃやら持ってこさせて見せてあげはんねん。

だんだん起きあがらはって、紫ちゃん、目の前の品々、見はんねん。鈍色で、ちょっとくたっとなった、おばあはんのための喪服着て、無心ににっこり微笑まはるんが、ほんまのほんまにかいらしゅうて、光君も思わず、笑いながら見つめたはんねん。

光君が東の対に移らはってから、紫ちゃんは廊下へ出てきて、庭の木立やら池やら見わたしてみはるん。霜枯れした植え込みが、なんや絵に描いたみたいに風情あって、そのむこうを、見覚えのあらへん四位、五位くらいの男子らが、それぞれの表着の色、かき混ぜたみたいにひっきりなしに出入りしててね、紫ちゃん内心、

「ふうん、たしかにここ、けっこうおもろいかも」

屏風に描いたある絵やら、いろいろ見入ってるうち、だんだん気ぃ紛れてきはんねん。まだまだおぼこいなあ。

光君、二、三日は、内裏にも行かはらへんで、もっとようなつかせよ、て思て、ずうっと紫ちゃんのそばについたはるん。そのまんまお手本にしはるつもりで、手習いの字やら絵やら、いろんなんほんま上手に書き書きして見せてあげはるん。なかでも紫色の紙に「武蔵野といへば」て書いたあるのを、紫ちゃん、とりあげてじっくり見たはるん。その横に小ちゃい字ぃで、光君の歌。

「えーと、

『ねは見ねど　あはれとぞ思ふ　武蔵野の　露わけわぶる　草のゆかりを（まだ一緒には寝てへんけど、♡やで。むさしのの露かきわけて入るわけにいかへん、藤色の草ちゃん）』

さ、写してみ」

て、あの、ちょっと、光君、ヤバない？

「うまいこと、かけしまへんのに」

て、紫ちゃんの見あげはるキョトン顔。

光君、ふふっ、て笑わはって、「へたでかまへんし。なんも書かはらへんのが、いちばんあかんねんで。ぼくが教えたるわ」

そないいわれて、ちょっと横向いて書かはる手つきや、筆とらはるその幼い雰囲気に、光君も自分でふしぎなくらい、ズッキンドッキン、胸キュンしまくりなんやんか。

「あ、まちがえちゃった」て、恥ずかしがって隠さはるんを、無理くりとりあげたら、

「かこつべき　ゆゑを知らねば　おぼつかな　いかなる草の　ゆかりなるらん（不安なん、なんでそんなこといわはるか、わからへんから。うち、どんな草に縁があんのやろ）」

幼な書きやけど、先々上達しそうな、ふっくりした字なん。尼君の手書きに似たはんねんな。今っぽい絵文字とかも習てみたら、めっちゃ上手に使わはるかも。

人形をいくつも、ミニチュアの家なんかといっしょに並べて、光君も、紫ちゃんといっしょに遊びに夢中。心底からの悩み、紛らすには、ちょうどもってこいやんね。

紫ちゃんのいたはった、もとのお屋敷では、みんながみんな、いまだに目が点。訪ねてきはった父の宮に事情きかれても、ほんまのことといえるわけないし、弱りきってしもて。光君からは「もうちょいの間だけ、ヒミツにしといてな」やて。少納言も同じ意見、で、みんながっちり口チャック。

「はあ、どこいかはりましたか。あの少納言はんが連れて、どっかへ、ひきこもってはるらしいて」

て、くりかえすばっか。父の宮も、それやったら、まあ、しゃあないことではあるけどなあ、て。

「うーむ。亡くならはった尼君、あの子のおばあはんも、たしかに、うちに移ってくんのには反対したはった。それやったら、乳母の少納言も、素直にこころづもりをいうてきよったらええのに。ですぎた気働きで、勝手に行方くらましよってからに」

て、しぶしぶ顔で帰らはるん。

行き先わかったら、すぐ教えるように、ていい残さはったけど、ま、無理。僧都にきいてみはっても、やっぱし、手がかりはゼロやし。ああ、あの器量よしはもったいなかったなあ、って、心底残念がったはってね。

宮の奥方にしても、紫ちゃんのお母はんが生きてた頃に燃やしたはったジェラシーは、もう空っぽに忘れはって、うーん、あのおぼこ娘、先々、ええ手駒にしたったのに、なんて、いけずに悔しがったはんのん。

そうこうするうち、二条院の西の対には、残されたはった女房らが集まってきてね。遊び相手の子らは、光君と紫ちゃん、超イケてる風のこのカップルのまわりで、なーんの疑問もなしに、ひたすらはしゃいで遊びまわったはる。

紫ちゃん、光君が留守やったりで、ショボーンな夕暮れには、おばあはんの尼君のこと思いだして、しくしく泣いたりしはんねんけど、おとうはんの宮のことは、もうそないには思いださはらへん。もともと、そんなしょっちゅう会う間柄でもなかったわけやしね。

いまはこの、新しい「おにーちゃん」に、ほんまようなついて、めっちゃ仲良し。外から帰ってきはったら、まっ先にお出迎え。光君の、膝の上に抱っこされて、ひそひそ、かわいらしゅうおしゃべりしはって。

もうぜんぜん、照れたり恥ずかしがったりなんかしはらへん。こういうプレイの相手としては、ま、いうたら女神。理想なん。

むこうに妙な分別がでてきて、なんやかや、ややこしい関係になってきたりしたら、男はんのほうでも、気もちの行き違いからつまらん思いもしとないし、て変な遠慮が出るやん。それでかえって誤解されたり、思いもよらへんいざこざが、いつのまにか起きたりするもんやけど……。

紫ちゃんには、そんな気づかいご無用。おぼこいまんまの、最高のプレイ相手。血のつながった父娘でも、さすがにこれくらいの年頃になったら、気やすうおしゃべりしたり、いっしょに寝たり遊んだり、ふつうありえへんやん。光君にとったら、マジ箱入り。お人形さん、イン・ザ・ボックス。

すゑつむ花

左衛門《さえもん》の乳母《めのと》ていうて、光君が、惟光クンのお母はんの、大弐《だいに》の乳母の次に大切につきおうてきはった、おばちゃんがいたはんねんな。そのひとと、皇族の血をひいたはる兵部大輔《ひょうぶのたいふ》のあいだにできた娘が、大輔命婦《たいふのみょうぶ》、いうて、いま、内裏に仕えたはんねん。

けっこうさばけた、話のわかる娘ぉで、光君もたまに呼び出して、気さくに用事頼んだりしたはる。左衛門の乳母は筑前守《ちくぜんのかみ》の奥さんならはって地元に移らはったし、いまはお父はんのお家、常陸宮《ひたちのみや》邸に住みこんで、宮中まで通てきはるん。

でな、あるときこの大輔命婦が光君に、なんかのついでに、とあるお姫さまの噂を話さはったん。

常陸宮さまが晩年につくらはって、えらいかわいがって育てはったそのお姫さまが、常陸宮さまが亡くなってしもてから、ずーっと寂しゅうに、心細うに暮らしたはる、とか。

光君、

「ううっ、カワイソーに」

そない、声漏らしてから、身ぃのりだしていろいろ訊かはるん。

「お姫《ひ》ぃさまの性格とか見た目とか、詳しゅうは、うち、よう知りまへんねん。ずうっとひきこもったはって、ひとにも会うたはらへんし。用事のある晩とかだけ、御簾かなんかごしにお話ししますねん。なんや、お琴《きん》オタクていうか、楽器だけがわらわの真の友、みたいな」

「琴、詩、酒が友、てよういうな。アル中女子は、勘弁してほしいけど」

て光君、笑いながら、

「僕それ、ちょお、聴いてみたいなあ。お父はんの常陸宮さまて、楽器関係、めっちゃくちゃ上手やったやん。てことは、その娘も、相当すごいんやろな」

思わせぶりな口調で、命婦、

「えーっと、いや、そこまではどないでしょ」

「なんや、えらいもったいぶりよんなあ、自分。今度くらいの朧月夜に、そおっと行ってみよ。その晩は、お邸へさがっとくようにしといてくれや」

命婦は内心、ちょっとめんどいなあ、て思いつつ、内裏での用事もあんまりあらへんし、のどかな春の光のなかをうちへ帰らはる。お父はんの兵部大輔は、別の女の家に住んだはんの。命婦は、その継母の家には寄りつきもしいひんと、慣れ親しんだ常陸宮のお邸から、宮中に通ってきたはんねんな。

で、光君予告どおり、十六夜《いざよい》の、朧月夜に忍んできはるん。

「うわ、マジで、きはりましたん。今晩なんか空気が湿気てて、琴の音、くぐもってよう響きまへんのに」

「そないなこといわんと、あっちいって、一曲でもええから、なっ、頼んでみてえや。な、手ぶらで帰らせるとかだけは、かんべんしてえや」

とかいわはるんで、命婦は、自分の部屋に光君ひきこんで、休んどいてもろてるあいだ、はあ、ややこしいことなってきたなあ、て思いながら、寝殿に向かわはんの。

琴オタクのお姫ぃさま、格子も昼間のまんま開けっ放して、ええ感じに咲いた梅の香を、はんなり楽しんだはるところ。

「うわあ、ほんま今晩は、お琴の音にぴったりの雰囲気やわあ」

て、大輔命婦。

「ねえ、お姫ぃさま、うち、いっつも忙しのう行ったり来たりしてるだけやさかい、落ちついて聴かしてもろたことあらへん、なあんか、うち、悔しいわあ」

「ほ、昔の歌でいう、聞き知るひと、になってくれる、いうんかいな。内裏に出入りしたはるようなひとに、聴かせるほどのもんやあらへんけどねえ」

いうて、姫さま、お琴を引きよせはって。命婦は胸つぶれそうな心地。ああ、どやろ、光さま、どないに聴かはるやろ。

ほのかに掻き鳴らさはる。

ええなあ、て光君。そんな、上手いわけやないねんけど、お琴はもともと別格に音きれいやし、耳障りにはきこえへん。超セレブの常陸宮さまが、古風に、大切に育てはった箱入り娘やろに、こないに荒れ果てたさびしいうちでは、そんな名残もあらへん。あのお姫ぃさん、胸のうちで、どんなにしんどい思いしたはるか。

けどな、こういう場所こそ昔っから、甘酸っぱいラブストーリーの舞台になってきたんやし。ちょこっと声かけてみよかなあ。いや、やっぱし、いきなりすぎるか。

命婦ってアタマ冴えてんねん。お琴、そろそろヤメどきかも、て見て取ったらすぐ、

「なんや、曇ってきましたね。あ、そや、うちにお客がありますねんけど、居留守つこてると思われたらややこしいし、また今度、ゆっくり聴かしてもらいますわ。御格子しめとこ」

ていうて、それ以上は弾かさんと、光君とこへすたすた戻ってくんの。

「あーあ、中途半端なところで終わってもうて。うまいへたなんか、こんなんだけでわかるかいな。あーあ」

ていいながら、光君、お姫ぃさまに興味もったみたいで、

「どうせやったら、すぐそばで聴かせえや、なっ」

「いやあ、それは」

て、内心いいくるめるつもりで命婦、

「ほんま、消え入りそうなくらい落ち込んだはって、心苦しいご様子。いまお連れしますのんは……」

まあ、そらそーかも、て光君。いきなりがっついて、そんで、そんな仲になったと

しても、「際は際」てことわざでいうとおり、しょせんわたしの扱いって、その程度でしかないんや、とか思いこまはって、いっそう落ち込まはったらマジ気の毒やし。

「ほんなら、僕の気持ち、それとのう匂わしといてくれ。頼んだで」

ていうて、また別の彼女と約束があるみたいで、そおっと静かに帰り支度。

「帝さまて、光さまのこと、堅物すぎるところが難儀やて、ご心配したはるらしいですやん。笑えますわ、それ。いま着たはる、目くらましのボロ衣なんか見はったら、いったいどないいわはりますやら」

「どの口がいうてんねん」

て光君、おかしそうに、

「あら探ししなや。こんなんでチャラ助呼ばわりかいな。そんなんやったら、どこぞのお姉はんなんか、どんだけヤバイか」

うちのこと勝手に、エロ女扱いして！　ときどきこんなこといわはんのん、ほんますかんわ、て命婦、口つぐんだまんま、もじもじ。

くんくん、寝殿のほうから、お姫ぃさんの匂いしてるかも、て、そっと部屋出ていかはって。隙間のあいた竹垣の、ちょっと折れ曲がった物陰にもぐりこんでみたら、先にもう、そこに男が立っててんねん。

え、誰や。お姫ぃさんにアプローチしよとしてるチャラ坊か。光君、しゃがみこんで陰に隠れはる。

これ、実はなんと、頭中将なん。葵サンのお兄はんの。

この夕方、頭中将は光君といっしょに、内裏を出てきはってんな。けど、光君、左大臣家にも行かはらへんし、二条院へも帰らはらへん。別れてからも、いったいどこへ行きよんにゃろ、て気になってたまらへん。で、自分の約束はほったらかしにして、ずうっと光君のあとを尾けてきはったん。

地味な馬に、だらしない狩衣姿で、そら光君、気づかはらへん。頭中将にしても、こんな得体の知れへん場所にはいっていかはるんが、不思議でしゃあなかってんけど、お琴の音立ち聞きしてるうちに、そろそろ、光君も出てきはるんちゃうか、て踏んで、ここでじっと待ち伏せたはったん。

光君はまだ、誰か、わかったはらへん。向こうに正体知られへんうちに、て、抜き足差し足で行き過ぎようとしたら、すっ、て男が寄ってきて、

「俺のことほったらかしで、勝手にずんずん行かはるもんやから、俺、むかついて、ずうっとつけてきましたんやで。

『もろともに 大内山は 出でつれど 入《い》る方《かた》見せぬ いさよひの月（いっしょに大内裏出てきたのに、行き先は知らせへん、君は十六夜の月のつもりか）』

て、ぶつくさいうたはる。なんやこいつ、て初めうっとおしかったけど、あ、頭中将か、てわかったら、光君もちょっとノってみよかなあ、って。

「んなもん、だーれの知ったこっちゃあるかい」

て、光君、口悪い悪い。

「里分かぬ かげをば見れど 行く月の いるさの山を 誰かたづぬる（どんな里にかて、分け隔てなしに月影はさすわ。けどな、その月を山のはてまで追っかけていく阿呆がどこにいてるやら）」

「こんな風についてまわって、エ、なんか問題が」

て、頭中将。

「マジな話な、こんな風な夜遊びて、うまいこと運ぶか、そやないかは、連れ次第、いうとこあんねんて。そやし、ちゃあんと俺、誘いって。こういう遊びて、結構、ややこしいことも起きんねんで」

て、軽い逆ギレ。

いっつもこんな風に見つかってばっかしで、光君、ちょっと癪なんやけど、あの夕ちゃんとこの頭中将のあいだの赤ちゃんの行方は、僕だけが知ってるし、て内心、そのことに関しては「ボロ勝ち」て思たはんねん。

なれ合うてるうちに、それぞれのデート先に行く気も失せてしもて、おんなじクルマに乗りこんで、月が雲に見え隠れする道を、ふたり笛吹き合わせながら、左大臣家まで帰ってきはるん。

先払いもなしに、そおっとお邸はいって、ひと目のない廊屋でそれぞれ御直衣お召し替えしはる。しれっとした顔で、たったいま着いたばっかり、みたいに、ふたり一緒に笛吹き鳴らさはるん。

左大臣、やっぱし聴き逃さはらへん。高麗笛《こまぶえ》もってきて、音合わせへんねんけど、ヤバいくらい上手で、キレキレの演奏なん。お琴やらいろいろ運んでこさせて、御簾のなかの、葵サンについてる腕達者な女房らにも合奏させてみはったりね。

光君と頭中将、ふたり、あのお姫ぃさまの琴の音、おもいだしたはって。「もし、もしもやで、超Sランクのええ女が、ああいうとこに住んだはって、で、俺とちょっとええ仲んなったり、うわ、もう、たまらんなあ。世間で噂んなって、炎上してもうたりな。ふふ、ちょっとかなんな」

頭中将、妄想一直線。光君がけっこうガツガツ食べまわってんの見て、う、先こされへんやろな、て、じりじり焦ってきはってね。気になって気になってしゃあないねん。

その後、せっせとラブレターだしてんのに、光君へも頭中将へも、どっちへもなしのつぶてでね。どないなっとんねん、て光君は半ギレ。

けど、頭中将はもっといらついてて、

「なあ、マジでひどない？　あんな風に暮らしたはる、意識高い系の女子やったら、そんなにセンス悪ないはずやろ、それやったらふつう、そこらの雑草でも天気でも、なんでもさっさと歌に詠んで、脈アリかナシなんかぐらい、チラッとでも匂わせてくれるもんなんちゃうのん。なんぼ箱入りやいうたかて、こんな、穴蔵にこもったみたいな性格、マジ勘弁してほしいわ」

義理の兄弟いうこともあるし、頭中将はいつもどおり、光君にはなんの隠し立てもしはらへんのん。

「光んとこへは、なんかいうてきた？　俺、軽う告ってみてんけど、なーんの反応もあらへん。終わってる」

ふふ、やっぱしな、て光君。こいつ、アプローチしとったんや。

「いやー、返事ねえ、きとったかなあ、どやろ、まだきてへんかなあ」

て、曖昧にこたえたはるだけやのに、頭中将は、う、またこいつだけ、て妄想ジェラシー。

光君としたら、もともとそんな真剣やないし、ここまで愛想あらへん女、も、どう

でもええかなあ、て感じやってんけど、頭中将が、ここまで前のめりに口説きまくったはるてわかってからは、

「女て、えんえん、めげんと口説きつづけてくれる相手のほうになびいていくもんや。で、あとんなって、あの琴オタクの口から頭中将に、『最初は光さんから言い寄ってきはってんけど、ほほ、こっちから振ったたってんよ』みたいに、ドヤ顔でいわれたらムカつく」

そない思い直さはって、大輔命婦に、真顔で相談もちかけはるん。

「どういうつもりなんかな。あんまりやろ、完無視て。ひょっとして、軽いナンパやて、最初から思いこんだはるんちゃうかな。だいたいなあ、僕てほんまは、そんなココロコロ心変わりする男とちゃうねんで。そやのに、最近の女子て、僕のまごころを素直に信じて、気長に待ってる、てことがようでけへんから、結局いつも、残念な結果になってまうんやん。それをやね、ハハッ、全部僕のせいばっかにされてもやね。心根がまっすぐで、小姑みたいにやかましい身内のいてへん、素直な子ぉが、ほんま、いちばんかいらしいなあ」

「えーと、それはどないでしょ」

て、かしこい命婦。

「そういう、直球なキュートさを求めてきはっても、空振り三振やとおもいますよ。とにかくあのお姫ぃさまは、びびり、オタク、対人恐怖症の、インドア三冠王みたいなひとですから」

て、見たまんまいわはる。

「世間慣れしたはるおねえさま、て僕、あーんましタイプではないねんな。おっとり、幼っぽいくらいのほうが、正直いうたら好みかな」

て、亡くならはった夕ちゃんのこと、胸に浮かべていわはる。

その後、持病の「わらわやみ」が出はったり、例のシリアスな「秘密の悩み」にとらわれたりで、安らぐ暇がちょっともない間に、春夏と過ぎていって。

秋近うなって、静かにもの思い。去年の今ごろのこと、夕ちゃん家で聞いた砧や、耳についてうるさかった唐臼の音まで、なつかしゅう思いださはって。いっぽうで、常陸宮のおうちには何度も手紙だしてんねんけど、あいかわらず梨のつぶて。

「ほんま、何様のつもりや。僕は誰や。光源氏や。このまんま、引き下がってたまるか」

八月二十日過ぎ、夜は更けてんのに、月の出る気配ぜんぜんあらへん。星の光ばっかしさやさや輝いて、びょおびょお、松の梢鳴らす風音に、なんや、こころ細うなってきはって。

姫君、お父さまのこと、昔のこと思いださはって、ちょっぴり涙ぐんで。ちょうどええ頃合い、て命婦がタイミング計って呼んだんかもね、光君、例によってお忍びで、こっそりお邸へはいってきはる。

だんだんと月が高うなって、荒れ放題の垣根が照らされてちょっと無気味。ぼんやり眺めたはるちょうどそのとき、命婦に勧められた姫君が、ぽろーん、てお琴、かき鳴らさはって、光君、ふーん、これはこれで悪ないやん、て。

イケイケなタイプの命婦としたら、も少しイマっぽう弾かはったらええのに、て、ものたりひんねんけどね。

ひと目あらへんし、ずんずんお邸にあがりこまはった光君、お仕えの女房にいうて、命婦呼びださはんのん。

「え〜、マジすか〜」

命婦は、いま初めて気づいたみたいにわざとびっくりして、

「あのあのぉ、お姫ぃさま、なんやかんやで光さま、お越しにならはったみたいで。いっつも、姫君から返事ない返事ない、て文句たらたらで、うちも、そんなんうちにいわれたかてどないしょうもおへん、て、そないお答えしてましたんやけど。前に、ご自分ででばっていって、男女付き合いのイロハ伝授させてもらう、とかいうたはりましたし、今夜はたぶん、そのつもりや思いますわ。ただのチャラチャラしたナンパとはちゃいますし、お断りすんのも、ねえ。どないしましょ？　ふすま越しにでも、そのイロハとやら、きいてみはります？」

姫君、ガチガチに恥ずかしがらはって、

「エ、知ランヒトニ、ナニユータラエエカ、ワカラヘンシ」

て、奥へ奥へ、着物引きずってあとずさりしはんの。うぶうぶすぎやん。

命婦、つい笑けてもうて、

「お姫ぃさま、て。ほんま、おいくつにならはりますのん。えっらい尊いご身分のお子やったとしても、しっかりした親御さんが、なにくれとお世話してくれはるうちは、まあ、世間知らずでもイタイことあらへんでしょう。けどね、お姫ぃさま、こん

な不安定な、先がなーんも見えへんような暮らし向きでいたはんのに、いつまーでもそんな風にコソコソひっこまはる、いうのんは、勘違いもええとこなんちゃいますか」

て、どっかの先生みたいに。こんなんいわれたら、よう断られへん性格の姫君、

「返事はしいひんで。ええね、ただ聞くだけやで。そやし、格子とか、ぴっちり閉めといてや」

「簀の子の上へどーぞ、は、さすがにマズいでしょ」

て命婦。

「いきなし飛びかかってきはるようなおひととは、ちゃいますし。マジで」

て、いい繕うて、母屋と庇の間とのあいだのふすまきっちり閉めて、錠おろして、敷物置いて、これで光君の御座所、一丁あがり。

姫君はほんま気が進まへんねんけど、男のひとに逢うときの心構えなんか、なーんも知らはらへんから、命婦のいうことにも、なんやわからんまんま、ただ従うしかあらへんのん。乳母役の、老けた女房らなんかは、自分の部屋で横んなって、うつらうつらしてるくらいの時分。まだ若い、二、三人の女房らは、世間で評判のイケメンに会えるかもしらへんし、て、いろいろ気合いいれたはる。いっぽう姫君は、小マシな

服に着替えさせられて、ええ感じにメイクもしてもろてんのに、本人はただ、キョトン顔でつっ立ったはるだけ。

いつもながら光君は、チョー男前なんやけど、ワル目立ちしいひんよう気ぃ使ったはって、清潔感ただよう好青年風で、これもまたイケてんねんな。

命婦は、

「あーあ、この洒落っ気、見てわからはるひとに見せたいわ。これって、はきだめにツル？　てか、ブタに真珠？」

とか思いつつ、世間知らずの姫君のこの天然ぶりは、安心ていうか、このお姫ぃさん相手に、やり過ぎなことは、さすがにしはらへんやろ、とも考えとって。

ここんとこずっと光君から、お前本気で取り持とうとしてへんやろ、て責めたてられて、そのプレッシャーから逃げるために、今夜みたいに手引きしたわけやん。その結果、姫君にもし、しんどい思いさせてもうたら、て命婦も内心、不安でもあるわけ。

光君のほうは、相手の身分の高貴さがむくむく頭んなかでふくらんで、やたら洒落のめした今風の女なんかより、よっぽど逢うてみたい、て思たはる。ふすまのむこうで、ほら、こっちです、て女房らに誘われて、さりさり近くまで寄ってきはる姫君の気配が、なんとももの静かで、「えひ」の練り香がほわっとええ感じに香ってきて、おおらかな感じなんを、やっぱしな、て、こころ落ちつけたはる。

ここしばらくずっとアプローチしつづけてたその心中を、ほんまうますぎる言いまわしでとうとうと説きはんねんけど、手紙にさえ返事しいひんかった姫君が、この場でじかに返事なんか、できはるわけあらへんやん。

どーもならんなあ、て光君もため息。

「いくそたび　君がしじまに　負けぬらん　ものな言ひそと　いはぬたのみに（君のだんまりに、何回こころ折られたか。もう喋らんといて、ていわれへんのをええことに）イヤやったらイヤて、ハッキリ、そない言い捨ててほしいねん。どっちつかずに襷かけるのんて、マジしんどいんやけど」

姫君の乳姉妹《きょうだい》、侍従《じじゅう》、って呼ばれてる、センス抜群の娘がもう、見るに見かねて、姫君のそばに寄ってから、

「鐘つきて　とぢめむことは　さすがにて　こたへまうきぞ　かつはあやなき（鐘を

ついて、これでもうオシマイ、にはしたくないんですけど、おこたえするのんは、なんでわたし、こんな辛いんかしら）」

えらい若々しい、そんな落ちついてもない声やねんけど、姫君がいうたはる風に、ふすまごしに返しはるん。珍しい返答に、光君、え、身分のわりになんや、えらい馴れ馴れしいな、て思わはるん。かえってこっちも、黙ってしまわはって。

「いはぬをも　いふにまさると　知りながら　おしこめたるは　苦しかりけり（そない黙ったはるんは、べらべら喋らはるより、たしかに気持ちは通じます。けど、あんまりずうっとだんまりつづきやと、こっちも辛いっすわ）」

どうでもええようなことを、なんやかやと時にはおもろうに、時にはマジな口調で言い立てはんねんけど、結局なーんの返事もあらへんのん。

こんなん、ありえへんし。♡な相手がほかにいたはんのんか、て光君、頭かあってなって、そっとふすま押しあけて、真っ暗なお座敷へ入っていかはんのん。

げ、ちょーっとちょっと！　て命婦。しもた、油断した！

そない思たら、ここが命婦の真骨頂やねんけど、なんとね、いきなし、自分の部屋のほうへスタスタ逃げてってしまわはって。お座敷にいてた若い女房ら、世間でもふたりといてへんくらいのイケメン、てきいてるから、光君が勝手にはいってきても別にブーブー文句もいわへんし、大げさにびっくりしたりもしぃひん。ただ、こんな想定外のシチュエーションに、経験値ゼロの、この琴オタクさまて、わちゃー、てみまもったはるん。姫君ご本人は、大パニック。恥ずかしいてカチコチのロボット状態。

光君、

「はじめのうち、こういうのんが、かいらしいねんなあ。このうぶなお姫ぃちゃん、どんな箱入りで大きいなってきはったんやら」

て、とがめる気ぃものうて、寝屋でそのまま、いっしょに夜を過ごさはるん。

そやのにね、なあんか変やねん。なんやろね、この、ぜんぜんピンときぃひん感じ。なあんとなく、いたたまれへんていうか。

光君、気持ちがなんかしぼんでしもて、へんなため息ついてから、まだ真っ暗なうちに帰ってしまわはるん。命婦は、どないなったやろ、て、寝床で目ぇらんらんさせて聞き耳たてててんけど、あ、知らん顔しとかな、て、女房らにお見送りの合図もしいひんと、黙って寝たふりしてんの。光君も、そおっと目立たへんよう、お邸でていかはって。

でね、あの紫ちゃん、藤壺さまの姪御ちゃん、あの子ぉ探しだして引き取らはってからは、そのかいらしさに没入してしもて、六条の彼女んところさえ、ろくすっぽ足を向けはらへん。ましてこのお姫ぃさんの荒れ放題のお屋敷やん。気の毒に、て気持ちはなくしたはらへんにしても、でかけていく気にならはれへんのはまあ、しゃあないこととちゃうかなあ。

あのロボットみたいな恥ずかしがりが、いったいどういうことなんか確かめてみよか、とか、そんな気持ちも別に起きひんまんま日ぃを過ごさはるうち、これまでとは逆に、

「いや待てよ。想像してたより、いざ逢うてみたら実物のほうがダントツによかった、て、そういうのんって、割とありがちやん。こないだは真っ暗んなかで、最初っから最後まで、ぜんぶ手探りやったし、それでなんとなく、ピンときいひんかったん

ちゃうかな。やっぱ、じかに顔みて確かめな」

そんな気が湧いてきはってんけど、そうかというて、いきなしチェックしにいくいうのんも、なんやきまり悪いやん。みんな気楽にくつろいでる日暮れ時分、そっとお屋敷しのびこんで、格子のすき間からのぞかはんの。けど、お姫ぃさんの姿、どこにもみあたらへん。

几帳なんか、えっらい傷んでしもてんのを、脇へ寄せたりしぃひんと、もうずうっと同じ場所にきっちり立ててあるから、奥のほうなんかなんにも見えへん。女房らが四、五人、座っておまんま食べたはるだけ。

器は、青磁風の唐物やねんけど、おんぼろでむっさいん。その上になんちゅうこともないもんのっけて、もごもご頬張って。隅の間のほうで、女房らがえっらい寒そうに、どんより黒ずんだ白い着物の上に、うす汚いしびら巻きつけたある腰つきとか、もうダッサすぎ。

まあ、おでこ見せて櫛で前髪とめた髪型とか、内教坊、内侍所なんかの年増がやりそうやけど、て光君、おもろがらはって。あのお姫ぃさんのそばに、こんな婆くさいおんななんかいたはってんな。

「ああ、さぶ。今年て、しょうみさぶい。ほんま、長生きなんかするもんやおへんなあ」

いうて、グスグス泣いてんのもいてる。

「常陸宮さまの、生きたはった頃、うー、どこをひっくりかえして、辛いとか思とってんやろ。うー、さぶ。ここまで金欠でも、ひとて、生きていけるやなんて、ほんま、知らへんかったわ。うー、さぶ」

て、鳥みたいにブルブルふるえてるん。

愚痴の品評会みたいに、文句ばっかしブーブー並べたてはるんを、光君もさすがにいたたまれへんようなってきて、いったん出ていって、たった今着いたばっかしみたいな顔で格子叩かはる。

「ほら、来はった！」

女房ら口々にいうて、灯を明るうし、格子をあげて光君をお屋敷のなかへ。

ところでな、このお屋敷とは別に、斎院へもかけもちでお勤めしたはる、あの侍従ていう若い子ぉが、この晩あたりはたまたま、いたはらへんかってね。いつも以上に田舎くさい女房ばっかしで、前とくらべてもなんや別の家みたいなん。

さっき、さぶさぶいうてた元凶の雪が、いっそう勢いこんでどうどう降ってきはる。どろどろの空模様、びょうびょう吹き荒れる風。灯火が消えてもうてんのに、誰もともしつけようともしいひん。

光君、あの夕ちゃんと、もののけに襲われた晩のこと思いださはって、荒れ果てた部屋の様子はどっちもどっちやけど、狭いところに、ひとの数がちょっとは多いみたいやし、まあ、こっちがまだましかな。て、そないいうても、シャレにならへん無気味さやな。おちおち寝てなんかいてられへんわ、こんな夜は。

けどまあ、それはそれで。こんな目にでくわすこと、考えたら滅多にないねんし、趣ゼロではまったくないし、おもろがろ、思たらなんぼでもおもろなんねんけど……いっしょにいてる相手次第やんなあ、それって。ここの、ひきこものお姫ぃさん、情はないわ、華はないわで、光君、天井みあげて、アーア、て無念のため息。

で、また、なんやかんやとあってやね。

ようやっと空が白んできて。光君、格子を自分であげはって、前庭の植え込みに積もった雪を見はるん。誰の踏んだあともなく、遠くまでただ一面の荒れ野なん。ほんま、やるせないくらいさみしいて、お姫ぃさんかわいそうすぎて、この場にほったらかしで帰る、なんちゅう気には、とてもならはらへんの。

「ほら、空きれいやで。見てみぃ。な、引っ込み思案も、度ぉ過ぎたら、あつかましいんといっしょやで」

まだぼんやり薄暗いねんけど、雪明かりに浮かびあがった光君、ピカピカに若やいで耀いたはんのんを、婆くさい女房ら、ニマニマにやついて見とれてんのん。

「はよはよ、お出ましにならはらへんと」

て女房ら、

「そないに引っ込んでしまわはって、興ざめですやん」

「おんなは、こころ、愛嬌でっせ」

とか、口々にささやきかけはんの。

お姫ぃさんも、おっかなびっくりではあるけど、ひとがいうてくれたことを完無視できへん性格みたいで、なんなと身支度しはって、にじり出てきはったん。光君、そっぽむいて、庭のほう眺めたはるふり。けど、きょろきょろ横目づかいで、どないや、どないや、ええ仲になってもうたら、一気にカワイさ倍返し、てあるやん。この子も、そんなんちゃうのん、てドッキドキ。

ごめん光君。それ、無理。


まずな、ずーんて胴長で、猫背っぽいんが残念すぎ。光君、ああ、やっぱしなあ、てショボーン。さらにさらに、もう、ヤバいくらい不細工なんが、ずばり。

鼻。

そう、鼻。どないしたって視線がそこいくん。ありえへんくらい高うて伸びやかで、先っちょのほうがたらんて垂れたはって、ちょっぴり赤みがさしたある。最悪。なんや、普賢菩薩の乗りもんの象みたい。

顔色は、雪がびびるくらい白うて、どことのう青ずんだはる。おでこがぱんぱんに広がってんのに、さらに顔の下半分も長いて、全体でもう、顔、長すぎ。どんだけ長う伸びたあんねんて。

スレンダー、ていうより、こきこき骨張ったはって、とがった肩の骨格が、着物の上まで浮きあがって見えてんの。

うっわ、見てもうたわ、僕、最後まで。なんで見るかなあ、自分……て自分でつっこみ入れながら、そないいうても、滅多に出くわさへん珍景やし、ついつい、こわいもん見たさで、またチラ見。

頭のかたち、髪のかかり具合だけは、ふだん光君がつきおうたはる綺麗どころにくらべても、まあまあ、見劣りしいひん。袿《うちき》の裾にたまったふさふさの髪なんか、一尺くらいは余裕で余ったはるん。

着物のことまであげつらうんは、いけずやとおもわはる？　けど、昔物語でも、まず書かはんのは、服装のことやいわはるしね。

薄紅の表面がえらい白茶けたある単衣、その上に、もとの色がわからへんくらいどす黒い袿かさねて、表着《うわぎ》には、お香のしみついた黒テンの皮衣をひっかけたはんの。レトロ調で、まあ時代がかったファッションなんやけど、若い女の子にはやっぱし似合わはらへん、ていうか、かえって、えずくろしいん。*それでもなあ、もし黒テンの皮なしやったら、この家、激寒なんやろなあ、て光君、青ずんだ横顔、チラ、チラ、見やらはって。

もう、なんかね、絶句。自分も一緒に、口が貝になってまう感じしてきて、うわっ、このだんまりヤバイ、て、あれこれ声かけてみはんねんけど、お姫ぃさん、いっそう恥ずかしがらはって、きゃっ、とかいうて、口かくしたりする仕草も、なんか、ひなびて田舎くさいん。ごちごち骨張って、とんがった肘は、笏《しゃく》持ってずんずん、前に練りだしてくる儀式官みたい。カチコチに浮かべた含み笑いもとってつけたみたいで、なんていうか、顔の整理整頓がついてない感じ。

残念をとおりすぎて、もう気の毒、かわいそうで。

「……ほな、行くし」

て光君。

「自分な、ほかに彼氏とか、いてへんのやろ。そやったら、こない逢えるようになった僕にだけは、もっとうちとけてくれたら本気にもなんのに……なんか、そんな感じともちゃうみたいやし。あーサム」

てまた、いっつもみたいな逃げ口上。

「朝日さす 軒のたるひは とけながら などかつららの むすぼほるらむ（朝日のさす軒下のつららは解けてるのに、きみはかちかちに凍ったままでいたはんのやね）」

そない詠まはって。けど、相手はただ「むー、むむー」て、含み笑いしたはるだけ。ああ、つらすぎ！

光君、黙って出ていかはんの。

したら、クルマとめたある中門が、ぐね、って歪んでえらい傾いたあんの。こんないびつな門やのに、夜目には、そんなことも全部かくれてみえる。そういうことて、万事につけ、しょっちゅうあるやんなあ、て、ため息。

朝日の下、胸が痛うなるくらい荒れ果てた場所に、松の雪だけが、ふわっとぬくそ

うに降りつもったあって。そんな山里の、しみじみした風情に、

「そーか、あの雨の晩に、チャラ男軍団がいうてた『葎《むぐら》の門《かど》』て、これかも」

て、光君。

「はかない身の上の美少女、こんな家に住まわせといて、ドキドキハラハラ通てくる、みたいな、そんな恋な……。うーん、実際そんなことあったら、『あのひと』への僕の、どうしようもない気持ちも、ほんの少しは紛れるんかもなあ。そやけど、こんな理想的な古家に、あの赤鼻ロボットて、そらもうぶちこわし通り過ぎてコントやな」

とか思いながら、

「けど、けどやで、僕以外の誰が、我慢して、あの琴オタクとつきおうたりできる？　僕らが、こんな仲になってもうたんは、亡くならはった父宮さまの、娘思いの魂が、僕をそないな運命のほうへ、導かはったからかもしらへんやん……」

世間で普通にいたはる、なんちゅうこともないご器量やったら、そら、このまんま

ポイ捨てみたいなことになったかもしらへん。それが、明るいところであのお顔、まともに見てしまわはってからは、かえって光君のなかに、いじらしさがしんしん積もってきて、色恋とかやのうて、まじめに、ことあるごとにお使者をつかわさはんのん。

黒テンの毛皮はアレやから、絹や綾や綿の着物贈ったり。おばちゃんくさい女房ら用の服もね。カギ預かりの爺さんのためにまで、上に下に、こころ配って贈りもんしはんのん。

そんなような、内々の暮らしむきの「援助」かて、このお姫ぃさんはぜんぜん恥ずかしがったりしはらへんし、光君もこころ安う、こっち方面の後ろ盾やったらなんぼでも、て思い直さはって、普通やったらそこまでせえへん、立ち入ったことまでお世話しはんのん。

「そういうたら、あの空蟬の女、くつろいだあの晩、横から見た顔て、別にぜーんぜんイケてへんかったけど、ふるまいがかっこよかったから、わりと小マシに見えたんやんな。こんどのお姫ぃさんて、身分的にはぜんぜん上やろ。女て結局、身分やないんやなあ。あんな風に気だてがおだやかで、プラス、腹立つくらいかしこかったから、僕、負けっぱなしやったんや」

折にふれて、こんな風に思いださはるん。

年が明けて、ここ、二条院。

紫ちゃん、マックスおぼこいん。かいらしいん。紅は紅でも、こんなほっとする紅もあんねんなあ、て光君、しみじみ見とれたはる。無地の桜襲《さくらがさね》の細長、シュッて着こなして、無邪気なまんまいたはんのんが、ほんまキュートすぎ。古風やったお祖母はんの名残で、まだつけたはらへんかったおはぐろをきれいに引かせはって、眉にも黛いれてみたら、清純そのものでマジかいらしいん。

「自業自得て、もちろんわかったあるけど、なーんで、あんな意味のない色恋ばっかに血道あげてんのやろ、僕。こおんなにかいらしい子ぉ、ほったらかしといて」

とか思いながら、人形出してきはって、ふたりでごっこ遊びにかまけはる。

紫ちゃん、絵とか描いて、色つけはるん。なんやかんや、おもろう描きちらしたはる。僕も、て光君も描き添えてみはるん。えらいロン毛のおんなのひと描いて、その鼻に、ちょこん、て紅の色のせてみたら、絵に描いただけやのに、もう見んのもイヤ。

ふと鏡みたら、自分の顔が映ってる。

「どこのイケメンやこいつ、こないしたれ」

光君、自分の手ぇで紅花の染料、鼻にぺったり塗ってしまわはって。どんな男前でもこんなんしたらさすがにアウトやん。

紫ちゃん、けらけら笑い転げはって。

光君、

「うーん、ずっとこのまんま取れへんかったら……」

いうたら、

「えー、そんなコワイこと、いわはらんといてー」

いうて、紅色がそのまんま鼻に染みつかへんか、心配してんのん。

光君が拭き取るふりだけして、

「エ、マジにとれへんやん。ああ、しょうもないてんごやってもうたあ。帝さま、なんていわはるかなあ」

て、真剣なふりしていわはったら、紫ちゃん、こっちは本気で同情しはって、ねき寄って必死に拭いてくれはんのん。

「硯の水ぺたぺた塗って泣き真似してたら、墨いれられてて、顔まっくろなった、って笑い話の『平中《へいちゅう》』ていてるやん。あの阿呆みたいに、ほかの色は重ねんといてや」

て光君。

「赤いんはまあ、あえてがまんするし」

そんな冗談いうてふざけたはる様子は、ほんま、仲のええ兄妹《きょうだい》そのもん。

陽の光はうららかで、待ち構えてたみたいにすうっと霞のかかってる木々の梢に、花ひらく日が待ち遠しい、そんななかで、梅のつぼみが色づいて、ふっくり微笑んだはるん。なんもよういわれへん景色。

＊階隠《はしがくし》のあたりの紅梅は、とくに早咲きの花やから、もうとうに赤う染まっててんねんな。

「紅の　花ぞあやなく　うとまるる　梅の立《た》ち枝《え》は　なつかしけれど（赤い花だけは、どうも好きになられへん。梅のシュッて立ってる枝にはこころ引かれるけど）あーあ」

て光君、なんかやるせのうて、ため息だけつかはるん。

ここに出てきはったひとらみんな、この先々、どないならはったんやろねえ。

もみぢの賀

ちょっとさかのぼって神無月、十月の紅葉がきれいな頃。

藤壺さまは里帰りしたはるところやって、光君、例によって、会えるチャンスないかどうか、犬みたいにクンクン鼻鳴らして歩いたはる。すっかり足の遠のいてもうてる、葵サンの実家、左大臣家のみんな、内心おだやかではいてられへんわな。

さらにさらに、あの紫ちゃんを引きとらはったんを、誰かが、

「なんや、二条院に、わっかい彼女はん引っぱりこんだはるみたいで」

とかチクるもんやから、本妻の葵サンとしたら、そらまあ、ニコニコ顔で待ったはれるわけあらへんわ。

いっぽう、光君の胸んなかのぞいてみると、

「うちの葵サン、激オコらしいな。内々の事情は知らはらへんわけやし、まあわからんでもないけどな。ただなあ、そこらへんの女子みたいに、素直にかわいらしゅう文句いうてきはったら、僕かて、隠し立てなんかしいひんと、素直にゴメンて謝れんねん。それを、あっちで勝手にあることないこと思いこんで自己完結やろ。そういうんが、なーんかムカつくし、こっちも外で、しとうもないちょっかいかけてまうんやん。

ほんまあのひと、完璧やで。パーフェクト。この僕にとってみても、はじめてのお相手やしね、それを大切に思てないわけあらへんやん。いまは無理でも、最終的には、僕のこのキモチわかってくれはる日がくるて、ゼッタイ」

て、浮ついたとこのいっさいない、いつも淑《しと》やかに落ちついたはる葵サンの心根を、なんも疑わへんと信頼しきったはんねんな。やっぱ葵サンって、光君にとって、スペシャルな存在なんやん。

紫ちゃんのほうは光君になじんできて、こころばえもルックスも最高、無邪気なひっつき虫で、光君のほうも離そうとしはらへん。

光君は、お屋敷のなかの誰にも、しばらくはまだ知らせんとこ、て思わはって、いまもやっぱり、西の対のお部屋を、住みよう立派にととのえさせて、朝に夕に、自分もいりびたらはって、勉強やらなにやら教えこまはんの。お手本を前に置いて、習字のお稽古なんかさせはるん。なんや、これまでよそさんに預けとったお嬢ちゃん、引き取った、みたいな。

　政所、家司やなんか、それぞれの係をとり決めて、万事漏れがあらへんよう、特別に仕えさせはんのん。事情知ってる惟光クン以外みんな、いったいどんなお方やろ、てふしぎがったはる。実のお父はん、兵部卿宮かて、いまだになーんも知らはらへんまんま蚊帳の外やし。

　まだね、ときどき前の暮らしのこと、思いだしたりはしはんねん。そんなときは、お母はん的存在やった尼君が、恋しゅうてたまらへんの。光君のいてるときは気が紛れてるけど、ひとりで過ごす晩なんかはねえ……。

　たまには泊まってってくれはるけど、だいたいは光君、あっちこっちの彼女、訪ねてまわるんに大忙しで、日が暮れたらすぐ出ていこうとしはんねん。そのあとを、必死で追いかけようとする様子なんかも、光君にしたら胸キュンなんやけど。
　二、三日、宮中でお勤めがあったあと、そのまま左大臣家に泊まりにいかはるときなんか、紫ちゃん、シャレんならんくらい落ちこんでもうて、それがまたいじらしいて、光君、お母はんのいてへん子ぉもった父親の気分で、だんだんなんとなく、お忍び歩きからも足が遠のかはんのん。

尼君のお兄はん、北山の僧都は、紫ちゃんの過ごしたはる様子きいて、なんやはっきりとはようわからんけど、まあ、元気なんはなによりや、て思たはる。尼君の法事があるときは、光君もていねいに、弔問にいかはったりしてて。


藤壺さまのさがったはる三条宮に、どんな様子でいたはるか、光君、心配で参上しはるん。

そやのに、王命婦、中納言の君、中務ら、女房らしか応対にでてきいひん。なんやえらい他人行儀やなあ、て光君、内心シラけはんねんけど、そこは気ぃしずめて、御簾ごしに、女房らの口伝えで、あたりさわりのない世間話、藤壺さまとボソボソ交わしたはる。

そこへ、兵部卿宮がご登場。で、光君がきたはる、てきいて、会いにきはってんね。渋いインテリで、その上なよっとセクシーなとこもあって、光君、内心、このひともしお姉さまやったら、ぜったいお相手してもらうのになあ、とかまた阿呆な妄想を。

それにしても、藤壺さまのお兄はんで、紫ちゃんのお父はんやろ。この深いご縁を思うたらしみじみしてきはって、光君、ていねいな口調で、あれやこれや、最近のできごとなんかお話ししはんのん。兵部卿宮のほうでも、いつもにくらべて光君が、えらい気持ちよううちとけてくれはるんで、いや、ほんま立派な方やわ、て感激したはる。

まさか、自分の婿になってるなんて、思ってもみはらへん。それどころか、この方が女の子やったら、フフ、とか、こっちもまたしょうもない、エロいこと考えたはんねん。

日暮れてきて、お兄はんの兵部卿宮は、藤壺さまの御簾んなかへ。傍でそれ見てて、光君、うらやましいてたまらへんのん。昔は、お父はんの帝さまのおはからいで、ねき寄って、口伝えなんかやなしに、じかにお話できたはったし。それを、いまはこんなつれない仕打ち、ああ、殺生や、て光君。でもまあ、これがフツーなんちゃいますか。

「また、ときどき寄りますけどぉ、特別な用事がなかったら、ちょっと、ご無沙汰するかもしれませんしぃ。なんかあったら、また、いうてきてくれはったら、嬉しいっす」

て、しゃちほこばった挨拶して、退出しはるん。

王命婦にも、いまはもう、デートの段取りする手立てがあらへんの。藤壺さまは、光君との「あのこと」以降、ほんまに鬱々した顔で、頑なにとじこもったはってね。

その様子みてても、命婦にしたら、いたたまれへんわ気の毒やわで、なんにも手ぇ尽くされへんまんま、日にちだけ過ぎてゆくん。

ああ、はかなすぎる縁！　て、胸の乱れ、苦しみは、藤壺さま、光君のふたりとも、互いに尽きるときがあらへんのん。


お正月の朝、帝さまへご挨拶へいく途中、光君は紫ちゃんのお部屋のぞかはって、

「あけおめ！　なあなあ、年がかわって、いきなり大人っぽなったりしてへん？」

フフッ、て笑わはる。ほんま、見ほれてまうくらいのイケメンぶりなん。

て、さっきからもうずうっと紫ちゃん、愛するお人形さんにかまけて大わらわで。

三尺ある対の御厨子に、いろんな小道具こまごま飾りつけたり、お人形さんらのおう

ち作っては並べていったり、お部屋じゅう、だだ散らかして遊んだはんのん。

「オニやらい！　とかいうてえ、ゆうべ、イヌキちゃんがまた、これ、ぐしゃぐしゃにしてしまわはったから、なおしとかなあかんねん」

て紫ちゃん、横顔がマジ。

「イヤそれは、ほんまに、ひととしてどやねんちゅうくらいの所行やね。イヌだけにね」

て光君。

「いま、誰か呼んで直させたろ。なんせ今日は、お正月やん、泣かへん、泣かへん」

て、出発しはんねん。

その様子がもう、お供の数もきらびやかさも、世のレベルからしたら圧倒的。女房らみんな端まで出てきてぼおっと見とれたはる。もちろん紫ちゃんもいっしょにお見送りしはったあと、たったいま見たとおり、お人形の「光くん」にも着飾らせて、内裏にあがらせたりしはるん。

「ほんまにもう、今年からはもうちょっと、おねえちゃんになってもらわへんと」

お付きの乳母、少納言が、

「十も過ぎたら、お人形遊びはもう卒業でしょうに。あないな旦那さまもできはったんやし、若奥さんやったら、若奥さんらしゅうしいひんとね。そやのに、御髪なおすくらいのことも、めんどくさがらはって」

遊ぶことだけに夢中なんを、ちょっと恥ずかしがらせよ、と思わはって、こんなんいわはんねんけど、紫ちゃんとしても、こころんなかで、

「あ、そーか。うち、ダンナさんがいてるんやったわ。このひとらのダンナさんて、ぶさいくなおっさんばっかしやのに、うちは、あんなきれいな、若い若い、ダンナさんがいてるんやったわ、フフ」

やなんて、今更ながら思いかえして納得しはんの。まあ、これもひとつ年をとらはった、証拠なんちゃいますか。

いろんなことにつけて、まだまだこんな風におぼこさが目立つ紫ちゃんのこと、お屋敷のみんな、奥さんかお嬢はんか、ようわかりまへんなあ、て苦笑したはる。けど、なんぼ添い寝だけいうたかて、この年でいっしょに寝たはるやなんて、誰ひとり夢にも思たはらへんねん。

内裏でお勤めすましたあと、光君、左大臣家へ帰らはるん。本妻の葵サン、いつもどおり、ツン、ておすまし顔で、ぴっちり着飾ったはって、なーんか堅苦しいねん。

「せめて今年からは、もうちょっと世間並みに、夫婦の会話とかできたら、うれしい

ねんけどなあ」

て、光君。

でもな、光君が、二条院に若い彼女こさえて、のめりこんだはるて噂できかはってから、葵サン、ああ、そっちを大切なお相手て決めはったんやな、て、そのことがこころにトゲみたいに引っかかってて、気持ちもずんずん沈んでいって、内心顔も合わせたないのん。

けど、それを、あえてなんも知らへんようにふるまわはって、光君の冗談にもふわっと乗っかって、軽口で返したりしはるのんは、やっぱし、さすがやんなあ。四つ年上やし、大人びて品があって、光君も気ぃ引けるくらいきっちりしたはんねん。

「ほんまに、このひとには、足らへんところなんかなんもないのに」

て、光君。

「僕のこころがフラフラしすぎやから、こんな風にきつう当たられてしまうんやんなあ」

同じ大臣がいうても、とりわけ世評の高い、左大臣のおとうはんが、皇女やったおかあはんと、ていねいに手ぇ尽くさはって、玉みたいに育てあげはったひとり娘。もともと、意識チョー高うて、まわりの誰かがええ加減なことしでかしたら、ぜったい許さはらへん性格なん。

そのいっぽう、光君は光君で、だいたいいつも、イヤイヤ、そこまでしゃちほこばらんでも、みたいな、へらへらな態度やん。そんなことらもあって、自然と、ふたりのこころに、溝がはいってしもたんかもしらへんね。

予定月の十二月も過ぎてもうたいうのに、産まれてきはるご気配さえまだのうて。いくらなんでも、このお正月のうちには、て、藤壺さまにお仕えするみんな首なごうして、帝さまも心構えして待ちわびたはんのに、産気のサの字もみられへんうち、一月も、スルー、て過ぎてもうたん。

物の怪のたたりちゃうか、とか、世間に騒ぎたてられんのが、藤壺さま、心底しんどうてユーウツで。

「今度のことがきっかけで、ぜんぶ表沙汰になってしもたら、今度こそ、わたしは破滅やわ」

こんなこと鬱々考えてたら、そらからだにも来はりますて。

光君も、お産の遅れと暦とを考え合わせはって、ああ、やっぱしあのときの、て腑に落ちはんねん。で、修験道のおまじないやなんか、なんのための願かけか表だっては知らせへんまんま、いろんなお寺のお坊さんにいちいちお願いしはるん。

「ひとの世て、たしかにどうなるかわからへん。どんなことも、ずうっとそのまんまではいてられへん」

ひっそり胸のうちで。

「けど、そやからいうて、こんな風にあっけのう終わってまうもんなんかなあ、あのひとと僕との縁は」

いろんなこと抱えもって悩んだはるうち、二月中旬のある日、ついについに、オギャー、て、お産まれにならはるん。男の子。皇子さま。

これまでの不安、心配はどこへやら、帝さまも三条宮に詰めたはったひとらも、ようやくほんまの春がきた、みたいにお喜びにならはって。

もうこないなったからには、わたしも長う生きへんと、て思いながら、藤壺さまのこころは曇ったまんま。けど、弘徽殿の女御がかげでぶつくさディスってる、てきかはって、

「あかんあかん、もしわたし、このまま逝ってもうたりしたら、完全、あのひとらの

下種《げす》笑いの種やし」

て、気を強うもたはってね。そのこともあって、だんだんと心身とも、快方にむかわはって。

帝さまも、はよ若宮に会いとうて会いとうてたまらへん。光君にしてみても、誰にもうちあけようのないこころの底から、あたらしいお子への気持ちがどうしょうもなくにじんでくるん。ひと気のない折をみて、三条宮へ出むかはって、

「帝さまが、もう辛抱できひんいうたはりますし、まず僕だけ会うて、ささっとご報告しときましょか」

て水むけてみても、

「まだ、お見せできる状態やないんで」

て断らはるん。フツーそうやって。

じつはね、もう、シャレにならへんくらい生き写し。版木で刷ったみたいにそっくりやのん、若宮と光君と。これはもう、まぎれようもないねん。

藤壺さまのこころで鬼が騒ぐん。しんどい、苦しい、死んでまいたい。この若宮の顔、ちらっとでもみたら、どんなひとでも速攻で気づかはるわ、去年のあの、申し開きしようのない、わたしらふたりのあやまちに。ほんましょーもないことにでも文句

いいたてまくる世の中やん。わたしなんか、いったいどんなメチャクチャいわれるか。あー、しんどい、苦しい、いんでまいたい。

光君、王命婦の顔みるたび、ああだこうだ頼みこまはんねんけど、そんなん通る手だてがあるわけないやん。しつこすぎるくらい若宮のこというてきはる光君に、

「そないに急《せ》かはらへんと。ね、そのうち自然にお目にかからはりますて」

そないいいながら、心配でたまらへんのは王命婦も光君とおんなじ。

あたりをはばかる話やし、消えいりそうな声のみこみながら、

「人づてやのうて、じかにあのひととお目にかかれる日ぃて、いつかほんまにくるんやろか」

て、光君涙ぐんだはる。しんどいね。

「いかさまに　昔むすべる　契りにて　この世にかかる　中のへだてぞ（前世でどんな約束したんやろ、おかげで、この世の僕とあのひとはずっと離ればなれや）ああ、納得いかへん」

王命婦も、藤壺さまが悩みまくってる様子おそばでよう見て知ってるし、あっさり

きき流してまうわけにもいかへんし、

「見ても思ふ　見ぬはたいかに　嘆くらむ　こや世の人の　まどふてふ闇（我が子に会うてはる藤壺の宮も悩まはる、会うてはらへん光の君もどんなに悩んだはることか、これが世にいう、親心の闇、いうもんでしょうか）　おふたりとも、こころの休まるときなんて、一秒かてあらへんですねえ」

て、そおっと申しあげんの。

もう、なにをどう伝えることもできひんし、光君、しゃあなしに帰らはるん。

世間の噂にでもなったら、もうしまいやし、藤壺さまにとったら、光君が通てきはんのはほんま迷惑でしかあらへん。昔はとりわけ親しゅうつきおうとった王命婦まで、おそばから遠ざけてしもて会おうともしはらへん。

ひとの目にはつかへんよう、おだやかにふるまってはいはるけど、内心、避けられてんのが伝わってきて、王命婦はほんまさびしいて、切のうてたまらへん。わたしらみんな、なんで、こんな風になってしもたんやろ、て。

四月、若宮が内裏にあがらはるん。標準より大きい育たはってね、ぼちぼち、寝返りうったりもしはるん。


もう、ぎょっとするくらい光君にそっくりなお顔つきなんやけど、帝さまはまさか、そんなこと、とは思いもよらはらへんから、

「なるほどなぁ、ほかとくらべようもない飛び抜けた子ぉ同士は、こないな風に、通じおうてくるもんかもしらへんなあ」

とか、かえって感心したはんの。猫かわいがりにかわいがらはって、一瞬かて目ぇ離さはらへん。

前に、まだ小さかった光君をお世継ぎにするつもりでいたはったのに、世間がぜったい許しそうになかったし、結局、皇太子にさえたてられずじまいになってしもたんを、いまでも残念に思ったはんねんな。臣下にしとくのがもったいないくらいの風采、イケメンぶり、目のあたりにするたび、いっつも、不憫で不憫でしゃああらへんかったん。

それが今回は、立派な身分のお母はんから、同じくらい「光」あふれるお子が、飛びだしてきてくれはったわけやん。これこそ疵ひとつない、かがやく玉や、帝さまはそない思わはって、おそばでえんえんいとおしみはんの。

けど藤壺さまにしてみたら、万端、気ぃの落ちつく暇が一瞬もあらへん。

例によって光君が、藤壺さまの御殿で、管弦セッションやったはったん。したら、若宮抱っこした帝さまが出てきはって、

「ようけいてる皇子のなかでも、こんなちいちゃい頃から、明け暮れ飽かずに会うとったんは、光、おまえだけやったなあ。そやし、自然に思いだすんかもわからへんけど、ほんまによう、おまえに似とおる。ま、ちいちゃい頃は、みんなこんな風なんかもしらへんけどな」

て、たまらん様子でかわいがらはんねん。

光君、顔色の変わるんが、自分でもわかるん。おそろしい、申し訳ない、うれしい、切ない、こころがあちこち移りかわって、もう涙あふれてくるん。

あぶあぶ、て赤ちゃん声で笑てはんのなんか、たしかに、ぞわっとなるくらいかいらしいん。

ただねえ、光君、

「こんなすっごいカワイイ子に似てるんやったら、僕、自分のことも、めっちゃ大切にかわいがってあげんとな」

とか思たはるんは、正直、自己中すぎ。引いてまう。

そのそばで藤壺さまは、つらいわ、いたたまれへんわで、汗みずくになったはるん。光君のほうも、若宮に会えたら会えたで、かえってこころかき乱されてもうて、フラフラで退出しはんねん。

自分の部屋、東の対へ戻って、ごろんと横にならはる。胸のもやもやが全然消えへん。

よし、左大臣家いこ。

お庭の植え込みが、なんやしらん一面に青づいたあるなかに、はんなり咲いたある常夏の花、なでしこを手折らせて、王命婦にあずける、藤壺さまあての手紙書かはんねんけど、つぎからつぎへ、ことばが勝手にあふれ出て、止めどもあらへんのん。

「よそへつつ　見るに心は　慰まで　露けさまさる　なでしこの花（愛らしい若宮をしのんで、なでしこの花ながめても、こころは乱れるばっかしで、露の涙に濡れてます）若宮に花咲いてほしいとは思うねんけど、僕らの仲はもう、どうしようもないんやんね」

王命婦はなんとか隙をみて、藤壺さまに手紙見せて、

「おねがいします！　ほんの塵くらいのお返事でも、この花びらに」

藤壺さまも深く、しみじみともの哀しさにくれたはったところやったから、

「袖ぬるる　露のゆかりと　思ふにも　なほうとまれぬ　やまとなでしこ（あなたの袖を濡らす露が、ゆかりと思うから、若宮をいとおしむ気持ちにはどうしてもならへんの）」

とだけ、かすかな筆先の、書きさしみたいな手紙を、王命婦は、喜んで届けはんの。

「どうせいつも通り、返事なんか書いてくれはらへんやろ」

て、しょんぼりふて寝したはったところへ、いきなり返事が届いたもんやから、光君、胸がざわざわ波打って、うれしさのなかから、涙も自然とあふれてきてね。

ぽたり、ぽたり。

えっらい大年増の、典侍《ないしのすけ》の話ね。

身分は高うてセンスもあるし、品格そなわってるハイソな奥方て、まわりからリーダー的存在にみられたはんねんけど、じつは色事に目ぇのうて、そっち方面になったら後先かんがえんと突っ走る、て、そんな「オバサマ」がいたはって。

光君も前から、

「あんなに年いったはって、あの男出入りはほんまごっついな」

て、おもろがったはってん。で、冗談ついでにちらっとモーションかけてみたら、なんとまあ、このオバサマ、光君と自分と、不釣り合いともなんとも思ったはらへんの。

「ひええ、マジか」

光君、呆れつつ、こういう美魔女系てけっこうおもろいし、たまにつきおうたりしたはってんけど、ひとの耳にはいって趣味うたがわれでもしたらかなんし、自然消滅ねろて、だんだん距離おいてきはる。典侍はうすうす感づいて、日々ブルーに過ごしたはるん。

ある日、この典侍が帝さまの散髪係をつとめはることになってね。終わってすぐ、帝さまは着替え係呼ばはって、外へお召し替えに出ていかはるん。

光君と典侍のほか、部屋に誰もいたはらへん。ようみたらこの典侍、いつもよりイケてるん。ヘアもメイクも、服のコーデもばっちり決まっとって、ぱっと見、エロかっこええ、ていうか。

光君、内心、

「えっらい若づくり。ちょお引くなあ」

て、びびりながらも、だいたい頭ん中どないなってんのやろ、て一度気になってもうたらもうスルーできひん。裳の裾ツンツンひっぱって気ぃ引いてみはんの。

コウモリ型デザインの、えっらい派手な扇子で目の下までかくしたまま、スーッと振りかえらはって、じいっと流し目おくってきはんねんけど、その目もとのあたりが、だるん、てたるんでて、瞼の縁なんか黒ずんで落ちくぼんどって、髪はボサボサにほつれてからまったある。

「すごすぎんなあ、その扇子！」

光君、手ぇのばして、自分のもってたんと取り替えてみたら、顔に色うつるくらい

深い真っ赤っかな地へ、小高い森の絵ぇを、金泥で塗りこめて描いたあるん。その端っこに、ばばむさいけどまあまあの筆跡で、

「森の下草老いぬれば」

とかかんとか書きちらしたある。

「わちゃー、モザイクかけとけや」

光君、あきれつつ苦笑。

「ああ、『森こそ夏の』とかいう、あれですやんね、あれ」

とか、なんやかや立ち話しはんねん。ああ、こんなんといっしょのとこ見られたら、おもいっきし恥ずいやん。けど、そんな自覚は頭にゼロの典侍、

「君し来《こ》ば　手《た》なれの駒に　刈り飼はむ　さかり過ぎたる　下葉なりとも（こっち来はったら、お手ならしのお馬さんに、草刈って食べさせてあげる♡　盛り過ぎた、下のほうの葉やけど）」

いいかけてくるオーラが、エロパワー全開。

光君、

「笹分けば　人や咎《とが》めむ　いつとなく　駒なつくめる　森の木《こ》がくれ（笹踏み分けて逢いにいったら、誰かれから、あーだこーだいわれますわ。しょっちゅう、いろんなお馬さんが出入りしたはるみたいですやん）　ああ、モザイク、モザイクっ」

そないいうて出ていこうとしはるのんを、典侍が引きとめて、

「こんな気持ち、うち、初めて。この年になって、ほんま、うち、よういいまへん」

いうて、ぐちょぐちょ泣きだす始末。光君ドン引き。

「ま、そのうちまた手紙でも。あ、ほら、『思ひながら』いいますやん。あれ、あれ」

振りはらって出ていこうとする光君に、

「どうせうちなんか、おんぼろの橋柱ぁ〜」

訴えかけながらすがりつくん。

この現場を、お召し替えすませはった帝さまが、ふすまのすき間から覗いたはんの。月とすっぽん、提灯に釣り鐘のせめぎ合いや、最高に笑える、そない思わはって、

「おい光。みんな、お前が堅物すぎて心配しとったけど、さすがに、この女の網から

は逃げられへんかったな」

て大笑いしたはんの。

光君とのこと誤解されて、典侍は、ちょっと決まりわるいんやけど、こんな濡れ衣やったらかえって着ときたいくらいやし、あえて否定しいひん。

まわりのひとら、

「光さんがあのオバサマと？　マジか！」

噂ききつけた頭中将、

「うーん、しもた。俺、好き嫌いなく、どんなんでも食うたるつもりやったけど、さすがにあれはノーマークやったわ」

そない思てるだけやのうて、その無限のエロパワー、自分でもちょっと試してみたくもなってきて、なんとこの頭兄、そのまま典侍とデキてもた、って。


典侍からしたら、この頭中将、そのへんのダサいガキんちょにくらべたらよっぽどイケてるし、このごろさっぱりのあの光坊ちゃんの代わりの、ええ慰みもんやわ、て、そない思て励まはんねんけど、ほんまに逢うて××したいんは、やっぱ光君だけ。オバサマ、マジ、メーターふり切れてる。頭中将との関係は完全にヒミツで、光君はなーんも知らはらへん。

この典侍、光君の居所にのりこんできて、ぼつぼつ恨みごとこぼさはんの。

「まあ、年も年やし、ちょっとかわいそうやったかも、な」

て光君、もそっと「慰め」たってもええかなあ、て頭では思うねんけど、なっかなか気持ちがついてきぃひんまま、何日もが過ぎてもうて。

ある日、夕立きてね、そのあとの涼しいなった宵闇にまぎれて、光君が温明殿《うんめいでん》のへんをぶらぶら散歩したはったら、典侍が琵琶鳴らしたはんのん、めっちゃ上手いねん。じつはこのオバサマ、帝さまの前で弾いたり、男のひとらのセッションに混ざったり、琵琶プレイヤーとしてはピカイチ。その上、恋の恨みのブルースも混じって、最高にこころにしみる音色を奏でたはって、

「いっそのことわたし〜瓜つくり〜の嫁に〜　なってしまいたい〜」

あからさまな美声で唄てんのが、ちょっぴり興ざめ。

「にしても、白楽天《はくらくてん》の時代、鄂州《がくしゅう》に住んでたていう有名な女の子の歌声も、こんな風にきれいやったんかもなあ」

て光君、耳たててしみじみ聴いたはる。

弾《つまび》くん、やめはる。気もそぞろに、なんや、えらいとっちらかったはる気配。

光君が、*催馬楽《さいばら》の「東屋《あずまや》」を小声で唄いながらそっとそばへ寄ったら、その歌詞どおりに、

「おし開いて、はいってきてん」

て典侍、なかから誘いはるん。常軌逸したエロオバサマやわ。

「立ち濡るる　人しもあらじ　東屋に　うたてもかかる　雨そそきかな（立ち寄って、濡れてくれるひとが誰もいはらへんし、東屋が雨のしずくでこんなビチョビチョ）」

て、典侍が嘆くんをきいて光君、なんで僕ひとりがこんなボヤッキーにつきあわされなあかんねん、あー、こいつマジしつこすぎ。

「人妻は　あなわづらはし　東屋の　真屋《まや》のあまりも　馴れじとぞ思ふ（人妻て、ほんまめんどくさい。東屋でも真屋でも、上にあがる気はもうあらへんから）」

いい残してさっさと帰ったらええのに、また光君、それも愛想なさすぎか、て考えなおして、のこのこ上がりこまはって。チャラい冗談いうて突っつきあってるうち、ま、こんな流れも悪うはないか、てそのまま消灯。

ところで頭兄て、光君がいっつもえらいまじめぶって、自分の恋バナにしょっちゅう難癖つけてきはるんが、チョイむかつき気味やったん。で、こっそりしけこんだはるとこが方々にあるらしいけど、そのうちのどっかを、なんとかつきとめられへんかなあ、て、わりとマジに思ったはってん。

いま、その現場をおさえられて、内心、ガッツポーズなん。

「おーし、せっかくのチャンスや、ちょろっと脅してびびらせたろ、あの口から『まいった!』くらいいわせたらな」

て、かくれてタイミング待ってるん。

冷やっこい風が吹きつける、やや夜更け。

「もうそろそろ寝はったかな」

そおっ、と入っていく頭兄。

光君、結局ぜーんぜんリラックスできひんし、眠たくもならへん。ふと、物音に感づかはって、けど、まさか「頭兄」やとは思いもよらへん。ん。さては、まだこのオバサマに未練たらたらの、修理大夫《すりのかみ》やな、て光君。あんな大先輩に、こんな不細工なとこ見られたら、それこそ赤っ恥やん。

「あーあ、しょうもな。僕、もう行くし。蜘蛛が巣ぅ張ったら、男が来る、て昔からいうらしいけど、ほんまやってんな。旦那はん来はるんやったら、僕のこと、からかわんといてえや」

ていうて、直衣だけ取って屏風の裏へ隠れはるん。頭兄、必死で笑いこらえて、開いたある屏風のねき寄って、ぱたん、ぱたん、ぱたん、て畳んでまうん。まっくら闇のドタバタ劇。

この典侍。年いってんのに、まだまだイケてるつもりのエロ女。これまでにも似たような修羅場、何度もくぐりぬけてきてんねん。内心、パニクりまくってんねんけど、この誰かはん、うちの大事なダーリンをどないするつもりや、て心配なって、床でぶるぶるふるえつきながらも、必死に止めにはいろうとしてんねん。

光君、正体がばれへんうちに、さっさと逃げたいん。けど、こんなだらだらな格好で、冠横にずれたまんまダッシュで逃げていく自分想像したら、ほんま、阿呆の子そのもの。闇のなか、じいっと黙って立ってるん。

頭兄も、ぜったいばれへんよう、ぎゅって口つぐんで、ただ、怒りまくってる空気にじませながら、チャリン！　太刀引き抜かはるん。

典侍、前へまわりこんで、

「たしゅけて！　な、うちのダーリン！　たしゅけてくらはい！」

必死で手ぇすりあわせたはるん。頭兄、爆笑一秒前。

エロかわいく、ピチピチな風に着かざってる見た目はまあええとして、五十七、八にもなって、あけすけにキャアキャア騒がはって。しかも、二十歳前後のイケメンふたりにはさまれて、わけもわからずびびりまくったはるん。カッコ悪っ！

頭兄はまだ別人のふりして強面《こわもて》ぶったはってんけど、光君さすがに、だんだん勘づいてきはって、

「なんや、僕ってわかってて、こんなてんごしよんねんな、あほくさ。こんなことやりよんの、頭兄しかいてへんやん」

そないわかってもうた瞬間、くつくつ笑いがこみあげてきて、太刀構えたその腕つ

かんで、思っくそつねらはるん。

「あ、ばれてもうたか」

て頭兄、舌ペロリ、こっちもがまんできんと一気に大爆笑。

「マジ、頭おかしいんちゃう、自分」

て、光君。

「しゃれにならんいうねん。はーあ、もう服きよ」

けど頭兄、その直衣ぎゅってつかんで、ぜーんぜん離さへん。

光君、

「ほんなら、ペアルックじゃー！」

いわはって、頭中将の帯引きほどいて、脱がせようとしはるん。頭兄は脱がされへんように、て、ふたりもみあって、あっちこっち引っぱり合うてるうち、直衣のほころんでるところから、ぶちぶち破けてまうん。

頭中将「つつむめる　名やもり出でん　引きかはし　かくほころぶる　中の衣に

（包みこんで、かくしたつもりの名前が、もれてでてまうんちゃうか。引っぱり合って、こんなに破れた服着とったら）　こら、えらい目立つなあ」

光君「かくれなき　ものと知る知る　夏衣　きたるをうすき　心とぞ見る（夏の衣なんか着とったら、なんも隠されへんのわかってるくせに、のこのこやってくるて、自分、なんせペナッペナに薄いな）」

そんなこといい合うてから、お互いうらみっこなしで、えんえん服引っぱり合いながら、ふたり肩ならべて、ズルズルの風体で帰っていかはるん。

ごっつセレブなお母はんばっかの親王さんらの目ぇから見てもやで、光君に対する帝さまの目のかけかたてあまりにスペシャルすぎて、バツがわるなるくらいなん。そやし光君のことかて、あんまり慣れ慣れしいするんは気ぃひけてもうて、フツーは遠慮したはんねんけど、この頭中将だけは、ぜったい光には負けへん、みたいな感じで、どんなちっちゃいことかて意地んなって張り合おうとしはんねん。

頭兄だけなんやんか、お母はんが葵サンといっしょ、つまり帝さまの妹さん、て。

「光と俺との差いうたら、あいつが、帝さまのお子、皇子や、いうだけのことやろ。俺のお父んかて、大臣は大臣でも、ダントツに信が厚い側近中の側近や。その上、お母んは皇女やし、そない考えたら、俺って身分的には、ぜーんぜん負けてへんやん」

くらいに考えたはるんちゃうかな。

人柄かて、バランスよう落ちついたはるし、万端、欠けたあるとこなんか、なあんもあらへん。そやのに、この仲良しコンビの、あっち方面での張り合いかたって、そらもう度をこしたエピソードがてんこもりなんやけど、今日はまあ、これくらいにしとこかな。

花の宴

二月の二十日過ぎ、南殿の、左近の桜をみる宴が催されてんな。帝さまがすわらはる玉座の左右に、それぞれ据えた御座所に、立后しはった藤壺中宮さま、それに東宮さまがのぼらはるん。弘徽殿の女御、こんな風に藤壺さまが厚遇されてて、なんかことあるごとにジェラシー燃やしたはんねんけど、今日みたいな豪華なイベントには、辛抱たまらへんし参加しはるん。

よう晴れて澄みわたってる、青空、きもちよさそうな鳥の声。親王さまら、上達部らを皮切りに、詩文にくわしい人らみんな、韻のための一字をお題にもろて、漢詩つくらはる。

宰相の中将にあがった光君、

「僕のいただいたお題は、春、です」

て、そないいわはる声まで、格別にひびくん。

つづいて頭中将、光君の直後に出て、ひとからどない見えてるか、超プレッシャー感じたはるみたいなんやけど、パッと見かっこええし、態度も落ちついたはるし、声音も堂々としてて、光君にも負けたはらへん。それ以外のひとらは、みんなびびらはって腰がひけてもうて。

ましてやで、清涼殿の殿上の間にあがれへんひとらからしたらな、帝さま、東宮さまらの文才は抜群にすばらしいわ、詩文に堪能なメンツがずらり顔そろえたはるわで、いっそう気ぃ引けてもうて、晴れ晴れと澄みわたったこのお庭に足踏みいれるだけで畏れ多て、漢詩つくんのんて、じっさいそんな難しことやあらへんはずやのに、みんななんか、ありありとキツそうなん。

年とらはった博士はんら、身なりはパッと見ボロボロなんやけど、場慣れして、ふだん通りふるまったはる様子が、いつもながら立派なもんやなあ、て帝さま、しみじみご覧なったはる。

舞楽も準備万端、いろいろと用意させたはって。日がだんだん傾いてくるころ、「春鶯囀《しゅんおうでん》」ていう、唐から伝わった舞にえらい感心しはるうち、東宮さま、紅葉の賀

のときの光君の舞思いだささはって、頭に挿したはったお花、光君に賜って、

「なあ、舞《も》うてみてくれ」

て所望しはんのんを、光君もさすがに断りきれへん。

立ちあがって、ふうわり袖ひるがえすところだけ、ひとくさり舞ってみせはんねんけど、それがもう、断トツ、圧倒的なできばえなん。お義父さんの左大臣なんか、光君の日頃の娘への薄情ぶりも忘れて、感激の涙ポタポタこぼさはって。

「さあ、頭中将は。はよ出てこい」

て、帝さまじきじきのご指名。

頭兄、「柳花苑《りゅうかえん》」ていう舞、光君にくらべて、よっぽど気合い入れて舞わはるん。こんなチャンスもあるかも、て、前々から練習したはったんかもしれへん。帝さまメチャ受けで、ご褒美の衣賜らはるん。うわあ、滅多にないこっちゃ、て、見てたみんなびっくりしはってね。

それから上達部ら、あっちゃこっちゃ入り乱れて舞いまくり。晩になってもうたら、うまいもへたも、なんやようわからんくらいゴチャゴチャになってもうて。

帝さまにむかって詩文を読みあげはるときも、講師の先生、光君の作品があんまりすばらしすぎて、一気にはよう読まはらへんで、一句ずつていねいに読みあげて、そ

のたびにベタ褒め。専門の博士らも、内心、感服しまくってんのん。

こういったイベントでも、帝さまにとって第一のスターいうたら、誰よりまず光君やん。まず、ええかげんに扱わはるわけあらへんわ。藤壺さまにしても、光君の姿に目がとまるたび、弘徽殿の女御がひたすらこの光君を目の敵にしはる意味が、さっぱりわからはらへん。ていうか、こころの底では、どうしても思いを断ち切れへんご自分の身ぃこそ、歯がゆうてたまらはらへん。

「おほかたに 花の姿を 見ましかば 露も心の おかれましやは（もし、世間一般のひとらと同じように、あなたのはなやいだ姿、見られるんやったら、一切気がねなしにずっとずっと見とれていられんのに）」

て、こころのなかで詠まはったはずやのに、なんでこの歌、世間に漏れたんやろね。

で、もうすっかり夜更けになって花の宴はおひらき。上達部らみんなお部屋へ退がり、中宮さまも東宮さまもそれぞれお帰りにならはって、あたりはひっそり静まったあんの。

お月さんくっきり明るうて、なんともよういえへんええ感じ。酔い心地の光君、こんな夜にじっとしてられるわけあらへん。

「帝さまのお付きの女官らはもうやすんでる頃やし、こういう思いもよらへん折に、あのひとと、ひょいっと出くわすチャンス、転がってんのんとちゃうのん」

そんなこと思て、藤壺の房*《ぼう》あたり、無分別にこそこそ歩きまわったはんねんけど、手引きしてくれる王命婦の局《つぼね》の戸口、ぴしゃっと閉めきったたある。ため息ついて、でも、まだ諦めきれへんで、弘徽殿の細殿へまわりこんでみたら、三つ目の戸口が開いとってね。

女御らはほとんど、宴がおわったらそのまま上の御局に上がってもうてるから、このへんはしーんとして、まったく人気があらへんの。奥に通じてる枢戸《くるるど》もあけっぱなしで、やっぱり誰もいたはらへん。

「ほんまにもう」

て、光君。

「男女のマチガイって、だいたいいつも、こういうちいちゃい不用心からはじまんねんなあ」

そおっと上って、弘徽殿のなか覗くん。なんかもう、みんな寝たはるみたい。

と、むこうから、

「朧月夜って、ほんまに、最高♪」

て、並の身分やあらへん、美少女っぽい声で口ずさみながら、誰かこっちへ近づいてきはるやん！

やった、て光君、手ぇのばして、ふっと袖をつかまはるん。その誰か、超びりまくった声で、

「え、ちょっ、やめ……誰っ」

「しっ、こわがらんでもええよ」

て光君。

「深き夜の　あはれを知るも　入る月の　おぼろけならぬ　契りとぞ思ふ（こないして夜更けの風情を知れるのもきっと、朧月夜の結んでくれた、明らかな縁のおかげなんやね）」

そんなこといいながら、細殿へ抱きおろして、枢戸はぴったり閉めてまうん。あんまり急な展開に、ボーゼンとなった様子がまた、キュートで愛らしいん。ぶるぶるふるえる声で、

「ね、誰か、あの……人がっ」

「あのね、僕は特別やから。誰もなんもようい われへんし、呼んだかて無駄なん。じいっとしとき」

と、その声で、あ、光サマや、ってわかって、ちょっとだけ安心。

どないしょ、こんなとこ、誰かにみられたら。けど、愛嬌もなんもない、ごりごりに固い女や、てみられとうもないし。

光君、お酒はいってるせいで、いつも以上に前のめりになってはった、て感じなんかもね。相手の子ぉも、若い、たおやかなからだのばして、無理にこばもうとはしはらへんねん。

なんぼかいらしねん、て、しみじみしたはるうち、もう夜が明けてきてしもて、光君内心あわただしいて。ましてや女子のほうは、いろんな思いで胸がぐるぐる乱れまくって呆然。

「なあ、なあ、もう名前、教えてくれてもええやん。連絡とれへんし。これっきりでしまいやなんて、まさか、思ったはらへんやろ」

て光君がいうた返事に、

「うき身世に　やがて消えなば　尋ねても　草の原をば　問はじとや思ふ（薄幸なわたしが、この世から消え去ってしまったとして、名前を教えへんかったから、いうて、あなたは草の原かきわけて、このわたしを探してくれはらへんの）」

しっとり落ちついてて妙に色っぽいん。

「OK。僕の、ことば足らずやったわ」

いうて光君、

「いづれぞと　露のやどりを　わかむまに　小篠《こざさ》が原に　風もこそ吹け（しっぽり濡れたあの宿はどこやろ、て探しまわるうちに、小篠が原に風が吹くみたいに、世間で噂がたってまいますよ）もし迷惑やなかったら、頼むし、つきあってえや。なあなあ、そんなすかしてんと」

いうてる間にだんだん、女房たちが起きてきて、上の局へ参上したり、逆に帰ってきたり、あたりがざわざわ賑やかになってきて、もうしゃあない、て光君、扇だけを初デート記念に取りかえてそそくさと出ていかはるん。

光君の自室「桐壺」には、女房らがもうぎょうさん詰めたはってね。とっくのとうに目ぇ覚ましてるもんのなかには、

「ほーんまナンパ歩きにご精がではるわ」

とかいうて、つっつき合って狸寝入りする女房も。

部屋に戻って横にならはんねんけど、光君、ぜんぜん眠たなれへん。

「うーん、べっぴんちゃんやったなあ。弘徽殿の女御の、妹さんのひとりかなあ。まだウブやったし、五番目か、六番目くらいか。帥宮《そちのみや》の北の方やら、四番目の、頭兄の苦手な奥サマやら、器量よしの噂きくけど、そういう相手やったらもっと盛りあがったかもな。けど、六番目の妹やったとしたら、たしかお父はんの右大臣が、東宮のお嫁に、て心づもりらしいやん。もしそやったら、ちょい、可哀相なことになってまうかもなあ。それにしても、相手が右大臣家、ちゅうのんはややこしいな。相手の正体探ろうにも手立てがつきにくいし。これっきりで、逢わへんつもりでもなさそうやったのに、なんで無理にでも連絡先教えとかへんかったかなあ。うーん、失敗した」

とか、つらつら考えたはんのも、未練のこったある証拠やんねえ。ま、こんな風に過ごしながら、あの藤壺の房あたり、ほんまに奥の奥の奥やった、ほんま近づかれへん、逢われへんなあ、て、この世でいちばん大切な「あのひと」思いだして、胸のうちで、ゆうべのべっぴんちゃんと比べたりしたはる。

その日はつづけて、二次会みたいなんがあって、出たり入ったりして過ごさはるん。帝さまの前で、光君、箏《そう》の琴パート担当。前の日のかたい宴席よりは、はんなり明るうて趣もあってね。

藤壺さまは、まだ暁の時間のうちにもう、上の局へ上がらはったん。光君、ゆうべのあの、「朧月夜」のべっぴんちゃんまで、まさか帰ってしまわへんやろなあ、て気もそぞろ。従者のはしこい良清《よしきよ》クンや惟光クンら、外に立たせて見はらせたはんねんけど、帝さまの前から出ていかはったとき、

「ずっと暗がりに停めたあったクルマが、たったいま、たてつづけに北門から出発しはりましたわ。おねえさまがたの実家のひとらがぎょうさんいたはるなかに、右大臣

家の、四位少将、右中弁《うちゅうべん》らのぼんが、あわててお見送りに出てきはったんは、たぶん弘徽殿からどなたか退出しはったんちゃいますか。けっこうセレブな感じやったっすよ。ええクルマ三台くらい連ねて」

とか報告うけて、チョーがっくし。

「あーあ、どないしたら、なんちゅうお姫ぃさんかわかんのやろ。いろいろ探してるうち、お父はんの右大臣にばれて、大げさにお婿はん扱いとかされてもかなんし。まだ、どんな相手かぜーんぜんわからへんしな。ていうたかて、知らへんまんま、ずーっと放置しとくのんも、なんや残念すぎる。あーあ、どないかならへんかなあ」

て、お部屋戻って寝っころがってぐだぐだしたはる。

「にしても、紫ちゃん、さみしがったはるやろなあ」

て、ふと思いだして、

「もう何日も顔だしてへんしなあ、えらいへこんだはるかも、ちょっとかわいそうやったかなあ」

て、いじらしさ募らせはるん。

今度はあの、記念に取りかえた扇子、とりだしてじっくりみてみはる。「桜の三重《みえ》がさね」のつくりで、薄様の紙で、その色が濃うなってるところに、おぼろにかすんだ月描いて、それが水に映ってて、ってそのへんはありふれたあんねんけど、使いこなしたはるセンスのよさが、さすがやなあ、て思わはる。「草の原をば」て詠まはった、そのときの面影がふんわり目に浮かんできて、

「世に知らぬ　心地こそすれ　有明の　月のゆくへを　空にまがへて（こんな気持ち、僕ははじめてや。有明の月が空のなかへ溶けていってしもて）」

とだけ書いて、ねきへ置いておかはるん。

❀

左大臣家の葵サンにも、もうずいぶん逢うてないなあ、て思いつつ、やっぱ紫ちゃんが気にかかって、ま、ちゃんとフォローしとこ、て二条院へ向かわはる。

目にみえて、めっちゃかいらしいに成長しはって、目鼻ぱっちり、これまでに磨かれたセンス、まぶしいくらい存分にふりまいたはって。

「このまま、減点ポイントいっこもなしの、僕が思うとおりの理想の女子に育てあげ

たる。男手ひとつの教育やからいうて、ちょっとでも男ずれする感じが、混じらへんようにしんなあかんな」

まる一日、ここ最近の世間話したり、お琴教えてあげたりしはんの、日暮れてすぐ、もう出ていかはんのを、紫ちゃん、

「あーあ、またか」

て悔しい思わはんねんけど、このごろはもうさっぱりあきらめて、むやみに光君にまとわりついたりはしはらへん。

左大臣家の葵サン、いつもどおり、光君が来ても、すぐには顔ださはらへんの。光君、ひとりだけポッソン。なんもすることあらへんし、最近のいろんなできごと、何人ものお相手のお顔、頭んなか、ぐるぐる巡らせはったり。

筝の琴、手ぇが動くままにかき鳴らして、

「やはらかに　寝《ぬ》る夜はなくて」

とか謡《うた》てはったそこへ、お義父はんの左大臣やってきて、

「こないだの花のパーティ、最高にもりあがりましたなあ」

て、嬉しそうに。

「わしもこんな年になって、立派な天子さまに四代仕えさせてもろたけども、こない

だみたいに、詩文がピシッと決まった上、舞、音楽、管弦の音もぴったり合うて、まあ、こないに寿命が延びる心もちになったんは、ほんま今回が初めてですわ。最近できた、いろんな分野の名人を、万事に長じたはる光さまご自身で、ええ感じにプロデュースしはった結果でしょうなあ。このじじいめまでヒョイヒョイ踊りだしたなってもうて、ほんま困りましたわ」

「いーやいやいや、僕は、なーんもしてませんし」

て光君。

「ただ頼まれで、腕っこきのやつらをほうぼうから探して、組ませただけですわ。それになにより、頭兄の『柳花苑』、マジ、伝説作りよった。ね、そない思わはりませんか？　その上、栄えある春の宴に、お義父はんが飛び入りまでしはったら、それこそ、人間国宝ご登場、みたいに大盛り上がりやったでしょうね」

そこへまた、義兄弟の左中弁《さちゅうべん》、頭中将らも寄ってきて、高欄にもたれかかりながら、とりどりの楽器鳴らして楽しそうにセッションはじめはるん。これがまた、けっこうイケてんねん。

あの、朧月夜のべっぴんちゃん、消えてまいそうな夢のデート思いだしながら、ぼんやり呆けてタメイキばっかし。四月には、東宮にお嫁入り、て決まったあるし、胸のうちはもうちりぢりばらばらに乱れてもうて。

光君のほうも、いざ本気で探したら見つけられへん感じでもないんやけど、まだはっきりとは正体がわからへんし、それに、わりといっつもキツう当たってくる右大臣家に、自分からかかわりもつんも気がすすまへん。

どうしたもんかなあ、て迷たはるうち、三月二十日過ぎ。その右大臣家で、弓の競技会がひらかれることになったんやんか。上達部、親王はんら、いっぱい集ってきはってねえ。で、競技会が終わったあと、藤の花の下で宴会がはじまったん。

桜の盛りはもう過ぎてんねんけど、

「ほかの散りなむ　のちぞ咲かまし」

て、あの古今集の一首から教えてもろたみたいに、遅咲きの桜が二本、めっちゃきれいに咲いたあんの。新造しはったお屋敷、お姫ぃさんらの御裳着《*もぎ》の日ぃに合わせて、ぴっかぴかに磨きたて飾りつけはって。もともと派手好みの右大臣家のことやから、すみからすみまで今風にしつらえたあんのん。

その右大臣、ついこないだ内裏で会わはったとき、光君のこと誘たはずなん。そやのに、どこにも見あたらへんし、

「ええもう、光さま抜きやなんて、どっちらけもええとこや」

てなことで、息子の四位少将をお迎えにつかわさはるん。

右大臣「わが宿の　花しなべての　色ならば　何かはさらに　君を待たまし（うちの藤の花、見にきてくださいな。並みの咲きっぷりやったらお誘いしますかいな）」

ちょうど光君、内裏にいたはって、これこれこう、て帝さまにいうてみたら、

「えらいドヤ顔やな、右大臣」

て笑わはって、

「わざわざいうて来よんのや、はよ行ったげなさい。おまえの異母姉妹《きょうだい》らもいてるんやし、そんな、他人行儀には思とらへんのんとちゃうか」

て、やさしいおことば。

おしゃれに着替えて、すっかり陽が沈んでもうてから、満を持して、絶妙なタイミングでご登場。桜襲《さくらがさね》の唐織りの薄い直衣、葡萄染《えびぞめ》の下襲《したがさね》の裾ながながと引かはって、ほかのお客はみんな正装やのに、ちょっとくずした皇族ファッションが超クール。丁重にとりまかれながら、しずしず会場にはいってきはる様子なんか、宝石が運ばれてくるみたい。鮮やかやったはずの、藤の色香も気圧《けお》されて、かえって興ざましにみえてまうん。

管弦のセッションばっちり決めはって、少し夜が更けたころ、光君、飲み過ぎてフラフラなふりして、ひとに紛れて、そおっと出ていかはるん。

寝殿に、光君には腹違いの姉妹にあたる、弘徽殿の女御腹の、女一の宮、女三の宮がいたはんの。その東側まで来て、光君、戸口へ寄っかからはって。

藤の花は、寝殿のこっち端で咲いたあんのね。どこも引き上げた御格子のむこうに、女房らが出て座ったはるん。お正月の、*踏歌《とうか》行事の日みたいに、みんながみんな、派手な袖口を御簾の下からずらっと出して、わざとらしく見せびらかしてるん。

光君は、なんかダサいなあ、て思たはる。藤壺さまやったら、ぜったいこんな真似しはれへんやんな、て。

「ああ、しんど。先輩らに一気飲みさせられて、も、フラフラで……。いきなりで悪いけど、ここやったら別にかまへんやんな、僕、陰で休ませてもらうで」

いうて、光君、妻戸のところで御簾かぶって、頭からからだ半分、部屋のなかへもぐりこまはんの。

「ちょお、ちょお、あきまへんえ！　こんなん、たかりのろくでなしと一緒どっせ！」

て、そないいわはる相手の様子を見あげてみると、しゃちほこばってる風でものうて、しかも、そのへんの若い女子らとはぜんぜんちゃう、ほんもののセレブ感がはんなりと。

「＊空薫《そらだき》」のお香、ぷんぷん煙たいくらいに焚いてあるなか、衣ずれの音もしゃらしゃら派手に響かさはって。まあ、奥ゆかしい渋み、深みとは程遠いねんけど。なんでも流行りの風情に設えたこのお屋敷で、セレブな姫君らが、藤の花見物、てことで、この戸口んところへずらっと席をならべて顔そろえたはるらしいん。

場所柄、ふつうはありえへんけど、そこは光君、

「こないだのあの、扇のべっぴんちゃんはどこや、どこやろ」

て、むずむず盛りあがってきて、胸のたかまりのまんま、いきなり、

「扇をとられて〜、からきめを見る〜」

わざと、おおらかな催馬楽で呼びかけながら、長押にそっと身ぃ寄せて、その場に座らはるん。

まわりでは、

「え、いまの歌、『扇』て、『帯』やのうて」

「けったいな替え歌」

「外人はんやろ、外人はん」

とかひそひそいうたはんのは、事情を知らへん証拠。

とそのとき、たしかな声ではのうて、ただくりかえし、くりかえしきこえてくる深い吐息を、光君の耳はききのがさはらへん。すっとそっちへ身ぃ寄せて、几帳ごしに手を握らはる。

「あづさ弓　いるさの山に　まどふかな　ほのみし月の　影や見ゆると（あの日、ほのかに見えた月の影に会いとうて、いるさの山でずうっと迷とったんやで）なん

で、隠れたはったん？」

当てずっぽうでささやいてみるん。むこうもこらえきれへんかったんやろね、

「心いる　方《かた》ならませば　ゆみはりの　つきなき空に　迷はましやは（こころにかけてくれはるんやったら、こんな月のない晩でも、迷たりしはらへんのとちゃいますか♡）」

て、その声、まちがいない、あの子や！　うれしい。うん、そや、うれしいのはもちろん、うれしいん。

けど、そやねんけど。

あふひ

それやこれやで、二年ばかし経って。

桐壺の帝さまが朱雀帝《すざくてい》さまへ位を譲らはって、御世が変わってしもてからこのかた、光君、万事くさくさ、なんか後ろむきでね。自分も「右大将」の位に昇進しはったこともあって、気軽な夜遊び、自重するようにならはって、そこかしこの彼女はんらも、

「えらい、縁遠い方になってしまわはって」

て、ついつい、さみしいため息重ねたはる。

その報いなんかもね、光君のほうでも、いつまでもつれない「あのひと」のおこころを、思いかえしては嘆息ばっかついたはるん。

その「あのひと」、藤壺さまやねんけど、桐壺の帝さまが位を譲らはってから以降、これまでよりいっそう、片時も離れんと、そこらの仲良し夫婦みたいにおそばに付き従うたはる。今回の譲位で、皇太后にならはった弘徽殿の女御にとってみたら、そのベタベタぶりがムカついてしゃあないん。そやしもうずうっと宮中にあがりっぱなしで、お子である朱雀帝さまのおそばにずうっと張りついたはるん。

いうわけで、桐壺院さまの御所ではもう、張り合うてくる相手なんてだあれもいてへんし、藤壺さま、えらいリラックスしたはんのん。事あるごとに院さま、管弦の演奏会ひらかはんねんけど、それがまた世間ゆるがすくらい評判になったりね。帝さまでいたはったころより、いまのほうがよっぽど宮中をエンジョイしたはる。

さびしいんはただ、そばにいたはらへん、お子の東宮さまのことだけ。後ろ盾が弱いこと、院さまはずっと気にしたはって、大将にもなった光君に、よろしゅう頼むぞ、ていいつけはんの。光君としたら、いたたまれへん気持ち半分、そのいっぽうで、うれしさも感じたはる。

話、かわんねんけどね。

あの六条御息所がお母はんで、亡くならはった先の東宮さまのお姫さんがな、お伊勢さんの斎宮《さいぐう》にならはることになって。

御息所は、光君の気持ち、フラフラしっぱなしでまるっきり当てにならへんし、お姫さんのおぼこさが気がかりなんを口実に、いっしょに伊勢へ下っていこかしら、て、前々からそんな風に思たはったん。

そのへんの事情を耳にはさまはった桐壺院さま、光君呼びつけて、

「先の東宮、つまりわしの弟が、あんなに愛おしゅうかわいがっとった御息所を、お前はチャラチャラと、その辺でひっかけた遊び相手同然に扱っとるそうやないか。失礼とはおもえへんのんか。わしはなあ、あの娘の斎宮も、わが娘の皇女らと、なあんも変わらへんと思とる。なんにせよ、ええかげんなことしとったらあかんぞ。いつまでもフラフラと、おなごはんにちょっかいばっかしかけとったら、しまいには、世間さまに顔向けでけへんようになるしなっ」

て、えっらい怒ったはる。

お言葉のとおりや、て光君自身、反省して神妙に黙ったはるん。

「おなごはんに、ぜったい恥かかすな。角がたたへんよう、まるうに事おさめ。ええ

か光、おなごはんの恨みだけは買わんようにしよし」

そないいわはるんをききながら、ひとの道にはずれた僕の所行を、万一お耳に入れはったとしたら、て、そんなこと、考えるだけでも恐ろしいて恐ろしいて、光君、平伏したままズルズル退出しはるん。

そやのん。こんな風に院さまにまで知られて、お叱りさえうけたわけやん。御息所の名誉にかけて、光君自身のためにも、チャラチャラ見苦しいふるまいはもうやめて、ちゃんと筋とおしてふたりの関係作りなおさなあかん、そのはずやった。

そやのに。それやのに。

光君、まーたグズグズしてんのん。自分から表立って、ふたりの間にけじめつけようと、努力する気配なんてゼロ。

御息所からしたら、七つ違いの年の差ぁ、きまり悪うて、なにかと遠慮がちにもならはるやん。その遠慮をええことに、むこうにこっちから気ぃつかってるような顔して、ふたりの関係、ぐずぐずのまんま、ほったらかしにしたあんねん。

院さまに知られ、世間でかて、知らんひといてへんくらい噂になっててんねんで。ここまできてんのに、結局、自分から本気で向き合おうとはしはらへん。その浅さ、実のなさ。

御息所の嘆き、かなしみが、収まるはずもあらへんわなあ。

左大臣家の葵サン、どっちつかずにフラフラしてる光君のこころ延《ば》えが、もちろんおもろいわけあらへんのん。ただ、あんまりにも堂々と悪びれもしんと浮気しはるし、もう、どんだけいうても無駄やわ、て、激おこな気もわいてきはれへん。

その葵サン、気分わるうて、からだ重うて、ああ、どないなんのん、て不安でしゃあないん。光君、はじめてのおめでたにしみじみ、いまの葵サンが、あらためて、いとしいてたまらへん。家の誰ひとり喜んでないものはおらへんねんけど、かえってその分、不吉なことも胸に浮かんで、ありとあらゆるおまじない、祈禱、物忌みのたぐいをさせはんのん。

そんなこともあって、光君、気ぃ配る余裕なんか、ぜーんぜんなくてね。もちろん、どうでもええやなんて、考えたはらへんとしたかてやで、やっぱし、御息所の住まいのほうへは、自然と足が途絶えがちにはなるやんなあ。

そのころ、賀茂神社に仕える斎院が代替わりになってね。新斎院には、弘徽殿の女御の三女、右大臣家の女三の宮が就かはることに決まってん。お父はんの桐壺院さまも、お母はんの弘徽殿の女御も、とりわけ目ぇかけたはったお姫さんやから、こないな特別な役職に縛られはることになったんは、おふたりとも、内心けっこうしんどがったはってね。

ただ、これぞ適任、ていうひとがほかにいたはれへん。決まりどおりの盛大な儀式が、ものものしい開かれたん。

で、その賀茂神社の大祭な。斎院が替わって最初の祭、いうことで、この年は、いろいろ特別限定のゴージャスな行事がぎょうさんあって、みどころ満載になったん。ただそれも、この新しい斎院のお人柄のおかげやったんかもしらへんね。

みそぎの儀式の日、上達部ら決まった数のひとらで執りおこなう段取りなんやけどね……。人望がとくに厚うて、見た目も立派なひとばっかり集めはって、下襲の色あい、表袴《うえのはかま》の模様、馬、鞍までピカピカに誂えはんねん。で、院さまからのお達しがあって、右大将の光君もそこに参加することにならはって。

大路の両側にならんだ物見車のひとら、前々から、この日のために、張り切って準備してきはって。一条大路はすみずみまでびっくりするくらいの大混雑、足踏みいれる隙間もあらへん。あっちこっちの桟敷席に目を移せば、こころ砕いて設えた飾りつけや、桟からはみ出した着物の袖口まで、ありとあらゆるもんがわくわくする見物なん。

葵サンてね、こういうお祭事とか、実はちょっと苦手。もともと気分もさえへんし、出かけるつもりなんかこれっぽっちもあらへんかったん。

それをね、若い女房らが、

「ねーえー、葵サマー、うちらだけでバラバラに見にいったかて、ぜーんぜん盛りあがりませんやん。縁もゆかりもないひとらまで、今日のメインは、光サマやいうたはります。木こりや猟師まで見たがってるんですて。遠い遠い田舎から、奥さん子ども引きつれて、わざわざ見物に来るんですて、そんな一大イベント、葵サマが見物にいかはらへんやなんて、あんまりっちゅうたらあんまりですて。ねーえー、葵サマー」

騒いでんのを、お母はんの大宮《おおみや》が耳にはさまはって、

「葵、今日は気分もましやないの。お付きの娘ぉらも、えらい退屈そうにしてやるで」て、そこまでいわれたら、しゃあないやん。大宮が急ぎでお触れだささはるし、葵サ

ン、お祭見物に出かけはることになったん。

日ぃも高なってから、葵サン、そんな格式ばらへん、ナチュラルなしつらえで出ていかはんねん。

一条大路《おおじ》は、見物客とクルマがぎっしり詰めかけてて、入りこむ隙もあらへん。葵サンら一行、壮麗にクルマ何台も縦に連ねて、立ち往生したはる。

まわりは、セレブな雰囲気のクルマばっかし停まってる。運転手らがクルマ離れてる隙ねろて、その辺りのクルマをずんずん、立ち退かせていかはんのん。

そんなかに、ちょっと古めいた網代車《あじろ》が二台。下簾のかけかたが渋うてしゃれたはんのん。乗ったはるかたは、ずっと奥のほうへ引っこまはって、ほのかに見え隠れする袖口、裳の裾、汗衫《かざみ》やなんかの色合いが、目ぇがさめるくらい鮮やかなん。半端なしに気ぃつけて、おしのびで来たはる雰囲気、ありありにじませたはんのん。

そのお供らが、

「オイ、気ぃつけえ。このおクルマはな、お前ら風情がそんなエラそうに、どかせたり引かせたりするクルマと、わけがちゃうのんや」

大声でわめいて、指一本さわらせようとしいひん。あっちのクルマもこっちのクルマも、飲み過ぎてベロンベロンの若い衆が、見境なしに騒いどって、収拾のつけようがあらへん。

分別のついた年配の供人が、

「やめとけ、もう、やめとけて」

て葵サンらのクルマのねきで、声あげはんねんけど、まわりはもう、全然きく耳もってへん。

じつはあっちのクルマって、斎宮の母親の六条御息所が、くさくさする気分直しに、ていうつもりもあって、超おしのびで出てきたはったんやね。そうとは絶対気づかれへんようめっちゃ気ぃつけたはってんけど、この騒ぎのうちに、だんだんと、誰が乗ったはるかばれてしまわはって。

葵サンとこのお供、

「エッラそうに、どの口がいいよんねん！　そっちのおばはん、うちの大将、光サマの、お情けだけが頼りのくせしやがって」

とか、メチャクチャなこというんを、光君付きの従者らは、わちゃー、思てきいてんねんけど、割ってはいったらよけい面倒なだけやし、みんなそっぽ向いて知らんぷりしてんの。

そのうちにとうとう、葵サンの一行、車列ごとわりこんでしまわはって、御息所のクルマ、お供のクルマらのうしろにまで押しのけられてしもて、前も横も、もう、なーんも見えへん。

あんまりの非道い仕打ちに、御息所、真っ赤になって怒らはんのはそら当たり前として、光君の姿がひと目でも見られたら、て、内々こっそり出てきたんを、ありありと世間に、とくに奥さんの葵サンに知られてしもたんが、悔しいて悔しいてたまらへんのん。*榻《しじ》やなんかも、全部へし折られてもうて、他には支えるもんあらへんから、牛に引かせるための長い轅《ながえ》を、そのへんの適当なクルマの車軸にのせかけたあんのも、見た目ダサダサやし。

ああ悔し、悔し、なんで出てきたりしたんや、てなんぼ後悔してみても、今さらもう、どないもこないもならへんわ。

もうなんも見んと、速攻帰ろうとしはんねんけど、通りへ出ていくちょっとの隙間さえ見あたらへん。

そこへ、

「来はった、来はった」

て誰かの声。

あ、つれないあのひとがやってきはる、って、やっぱしつい、胸ドキドキ高鳴らせ、待ち焦がれてしまわはんのも、女ごころの弱さやんねえ。「笹の隈」ていう、古今集の歌あるけど、隈は隈でもクルマの隈て、色気もないし目にもつかへんしで、光君、まったく気づかはらへんまま、つーっ、てそのまま通りすぎてまうのん。でもね、その横顔みてるだけで、御息所、こころ騒いで、胸の底からこみあげてきはるもんがあんねんな。

じっさい、いつもの年より気合い込めて調えたとりどりのクルマ一台ずつに、うちも、あたしも、て、あふれるほど乗りこんで、下簾の隙間から袖口がこぼれだしてる景色を、光君、さりげない表情で、ほほえみながらチラ見したりして。葵サンちのクルマはそれやとはっきりわかるから、ピシッと真剣な顔で通っていかはるん。お供らも、かしこまった顔で、葵サンに黙礼して行き過ぎていくん。

御息所、完無視されて、この場で消滅しそうなくらいみじめなん。

「影をのみ　みたらし川の　つれなきに　身のうきほどぞ　いとど知らるる（影だけ

をちらっと見せただけで、もう流れ去ってしまう川みたいなあなた、あまりにもつれないんちゃいますか。わたしの身の、この悲しいさだめも、川みたいにしみてきます）」

こぼれる涙を、同乗の女房らに見られんのはいたたまれへんけど、この晴れ舞台に、いっそうキラキラ輝いて、目がつぶれそうなくらいまぶしい光君の装い、面立ちを遠目に、ああ、でも、もしあのお顔がこの目で見られへんかったとしたら、いまごろわたし、死んでる、なんて思たはったり。

❀

葵祭当日、葵サンちからはもう誰も見物にはいかはれへん。

光君に、あのクルマの場所取り争いのこと、こと細こう報告するもんがいててね、うちの葵サンらひどいなあ、逆に、御息所んとこマジかわいそすぎ、て同情しはって。

「やっぱ、うちの奥さん、ふだんから冷静に落ちついたはるけど、その分、冷たい、情うすいいうか、味もしゃしゃりもあらへんタイプやんな。本人にはそんなつもりないんやろけど、たぶん、本妻とよその彼女と、お互い思いやってつきあわなあかんとか、そんな考え、頭のどこ探しまくっても見当たらへんのやろな。それが自然とにじみ出てるから、お供のやつらが図に乗って、そんなメチャクチャやらかしよったんやろ。六条御息所は、いっしょにいてて、こっちが恥ずかしなってまうくらい気位も教養も高いひとやいうのに、アーア、ほんま、どんだけしんどい思いしはったやら」

心配で訪ねていかはってんけど、斎宮が六条のお屋敷にまだとどまったはって、お供えの榊があるうちは男子禁制、て、気やすう逢うてくれはらへんの。まあ、無理ないか、て光君、引き下がりはしはんねんけど、

「ああ、なんぎやなあ、ふたりとも角たてんと仲良うしてくれたらええのに」

て、そんな独り言ぼそっと。

この日は、とっとと二条院へ避難して、紫ちゃんとお祭見物。西の対の部屋まで迎えにいきつつ、惟光クンに、クルマだしとくよう頼んどかはんの。

「さあて、おねえさまがたも、ご出発ですかあ」

て光君、ふざけながら、かわいすぎる紫ちゃんがいそいそ身支度ととのえたはんの

を、ニコニコ顔で見たはんねん。

「さあ行こ。いっしょに見よや」

いうて、紫ちゃんの、いつにもましてきれいな黒髪を滑《すべ》らかにかき撫でて、

「ずいぶんカットしてへんのとちゃう。今日なんか、ええ日やで、暦的には」

陰陽寮の博士呼んで、髪切んのにちょうどええ時刻調べさせはる。

「お付きの女子らは、先いっといたら」

いうて、女童らのはんなりきれいな様子を見わたさはる。みんながみんな、つやつやした髪のすそ、かいらしゅう切り揃えはって、模様の浮きあがった綾織の表袴に、見目あざやかにさらさら垂れかかったあんの。

「紫ちゃんの髪は、ぼくがカットしたろな」

いわはって、

「うわ、きみ、髪のボリュームすごいな。このまま成長したら、どんだけ生えんねんな」

て、苦労しながら切りそろえはる。

「髪、えらい長う伸ばしたはるひとかて、耳へ流す前髪は、わりと短めにしはるみたいやで。それに、きみみたいに、ぜーんぜん後れ毛があらへんのんも、ちょっとあっさりしすぎちゃうかな」

とかいいながら、ようやっとカットし終えて、

「千尋（このきれいな髪がいつまでも伸びますように）」

てお祝いのことばあげはんのん、乳母の少納言、しみじみ、ああ、もったいないことやわ、て見つめたはんねん。

光君「はかりなき　千尋の底の　海松《みる》ぶさの　生ひゆく末は　我のみぞ見む（測りようのない深い海の底で、海藻がこれから、もふもふ生えてくるやん。それは、ぼくだけに見せてや）」

そない詠まはったのをきいて、
紫ちゃん「千尋とも　いかでか知らむ　さだめなく　満ち干《ひ》る潮の　のどけからぬに（千尋の底のことなんてわからへんでしょ。満ちたり引いたり、潮みたいに、あっちこっち動きまわったはんのに）」

て、紙かなんかに書きつけたはんの。利発な上、子どもらしいかいらしさもあっ

て、光君、ほんま、こんなすばらしい娘ぉいてへんなあ、て感心しきりなん。

六条御息所な。

光君と知りおうてから、前よりもずっと、どうしようもなく思い乱れることが増えはったんやん。光君の薄情さに、もう、あきらめはついたはんねんよ、けど、いざ思いを振り切って、お伊勢まで落ちていくか、てじっさい考えてみたらほんま心細いし、世間の噂にも、物笑いの種にも堕ちてまうような気ぃしてもうて。

そうかというて、都に踏みとどまる、ていう決心も、いま、こんなにまで笑われ、あざけられ、見下され、ていう状況ふり返ったら、足もとがぐらんぐらん揺れてる心地にならはるん。

「釣する海人の　うけなれや（釣りする海人の浮子みたいに、ふらふら揺れまくりやわ）」

寝ても覚めても思い悩みぬいたはって、そのうち、こころがなんやフワフワ、頼りのうなってきて。そうこうする間に、からだのほうもしんどうなってきてしまわはって。

光君、御息所がお伊勢へ下らはるていう話に、あんまし関わりにならへんよう、距離おいたはんのん。そんなんあかん、とも、行かんといてほしい、ともいわはらへんで、

「こんなしょうもない僕と逢うのん、そらうっとおしいでしょ。棄てていかはんのんも当然ですわ。まあいまは、僕みたいな不甲斐ない根性なしにも、ちょっとは目ぇかけたってくださいや。おやさしいお姉さんやったら、それがふつうですやん」

こんな風に、生煮えの糸こんにゃくみたいな、からんだ物言いしかしはらへん。行くんかそれともとどまるか、迷いまくってる気持ちが、ちょっとは晴れるかもしれへん、て、そない思いついて出かけた、葵祭の禊の日。あの日から、賀茂川の荒瀬にまきこまれるみたいに、わたしも、わたしのまわりも、もう、どない手を尽くしてもとりかえしがつかへんくらい、全部がぜんぶ、メチャメチャに壊れてしもたんやわ。

✿

左大臣家に、なんや「もののけ」ぽいもんがついてしもたみたいでね。葵サンがえらい苦しまはるんを、一家じゅう誰も彼も、こころ痛めて心配してんのん。

こんなときに、よその彼女とデートやなんて、さすがにもってのほかやし、光君、紫ちゃんの待ってる二条院にさえ、たまにしか帰らはられへん。

なにいうたかて、れっきとしたご正妻、特別な思いで連れそうてきはったわけやし、その上、お産のつわりまで重なってのお苦しみやん。光君、胸つぶれるくらい心配しはって、もののけ退散のご祈禱やら、安産祈願の護摩《*ごま》たきやら、自分の部屋で、手当たり次第にやらせはんねん。

そのうち、鬼やら生き霊やら、ぞくぞく出てきやって、巫女に乗り移って、あれやこれやと自分の名を名乗りだすん。で、その中にひとつ、巫女に乗り移る気配がぜんぜんなくて、ただひたすら、葵サンのからだにぴったりひっついたまんま、とりたててひどい悪さはしいひんのやけど、とにかく、一瞬かて離れようとしいひんもののけがいてるんやんか。修験者はんの神通力も通じひんし、執念深さがもう、他のんとくらべて尋常やあらへん感じやのん。

葵サンのご両親は、光君のつきおうてきた彼女らのこと、あれやこれや、いちいち思い合わさはって、

「あの六条御息所はん、それに二条院に置いたはるらしい彼女やなんかは、光さまの思い入れも強い分、この子への恨みも深いのんとちゃうか」

とかささやき合うて、占い師に確かめさせたりしはんねんけど、誰の怨念なんか、はっきりとしたところはわからへんのん。

もののけの正体って、じつは、とくに恨みをこうてる相手にかぎらへんのね。亡くならはった乳母の霊やら、両親の家に代々ついたはって、心の弱ってるところにふっと出てくる妖怪やら、主にどういうのんが、ていうわけやなく、そのときごとでバラバラにとりとめもなく出てきやったりもして。

葵サンは、ただひたすら、シクシク声あげて泣いたはって、ときどき、せきあがってくる胸苦しさにえずきはって、悶え苦しまはるその様子に、まわりは、

「ああ、このままやったら」

とか、不吉なことまで考えてしまわはる。

お子のおじいちゃんにあたる桐壺院さまからも、途切れることなくお見舞いがあってね。ご祈禱のことまで心配してくれはって、畏れ多いくらいなん。もしものことがあったら、ほんまもったいない、なんとか持ち直してほしい、て世間のみんながみんな、切に切に祈ったはるん。

で、そういう噂をきけばきくほど、御息所はまた、こころの暗い底に、嫉みがずんずんどうしょうもなく積みあがっていくのん。もともと、そんなきついライバル心、

もったはったわけやないねんで。けど、あのしょうもない、クルマの場所どり争いがもとで、こころの緒が音たててキレてしまわはったん。左大臣家では、そこまでのことになってるやなんて、誰ひとりとして思ってもみはらへんかった。

自分ではどないもできひんこころの乱れがどんどん昂じていって、御息所、こころもからだも、どん底の絶不調。斎宮のいてる自宅から居場所を移さはって、修験道のご祈禱やなんかうけはんのん。

そんな噂をきいて光君、ちょっと具合が心配になって、めんどうな気持ちに鞭うって、重い足どりででかけていかはる。いつものお屋敷とちゃう、仮の宿やから、いっそう気ぃ配って、誰にもばれへんようにお忍びで。

「来よ来よ思てるうち、えらいご無沙汰してしもて。ほんま悪かった」

謝ってから、自分ちの奥さんの事情も、切々と訴えはって。

「ま、僕はそんな、たいしたことあらへんと思てんねんけど、むこうの親がな。心配して、うろたえまくったはんのんが気の毒で気の毒で。な、その間だけは、家にいといたったほうがええかな、て。なあ、わかってくれるやろ、な。なあって」

て、打ちあけ話風に話さはるん。

ありえへんくらいつらそうな御息所の様子に、ああ、これはマジ、かわいそうなことしてもうたな、てね、いちおう本気で反省もしたはんねん。

ぎくしゃくしたまんま、一緒に迎える朝。帰っていかはる、光君のまぶしいくらいの後ろ姿に、御息所、

「わたし、やっぱし無理、あのひとと別れてまうやなんて」

て思い直さはるん。

「けど、けどな、奥さんとこに、赤ちゃんがうまれはったら、もうあのひと、ずっと、ずうっと、あっちの家行きっぱなしやん。わたしはこれからも、ずうっとこんな風に、ひたすら待つ、待つ、待つしかでけへんのやわ、このこころが、粉みじんにすり切れるまで」

❀

光君がお見舞いにきてくれたせいで、かえって、どうしようもない気鬱がぶり返し

てもうた御息所んとこへ、夕方、光君から、手紙だけがひらっと一通。

「最近、わりとましになってきたと思てた、うちの奥さん、容態がまた急変してね。手ぇが放せへんのんで。悪い」

ハア、また、いつものいいわけ。

「袖ぬるる　こひぢとかつは　知りながら　下《お》り立つ田子《たご》の　みづからぞうき（どろどろの恋路やとわかってて、つい降りてって濡れてまう、どうしようもないわたし）
『山の井の水』のうたとおんなじ」

光君、御息所のその返信、つくづくみかえさはって。並んでる字のきれいさは、やっぱし、自分の知ってるどんな女のひとと比べても飛び抜けてるん。

「ほんま、この世はふしぎにできたあるわ」

て光君。

「考えてみたら、こころのうちも見た目も、おんなのひとって全員、ひとりひとりちごたはる。で、その上、みんな、なんか必ず、一個は取り柄をもったはる。そんなななかから、たったひとりに決める、なんちゅうこと、難しすぎて、僕にはようできひんなあ」

お返事は、ずいぶん暗うなってから、

「袖だけ濡らさはったんやったら、そんな深い恋路でもないんちゃいますか。

浅みにや　人は下り立つ　わが方は　身もそぼつまで　深きこひぢを（浅い浅い、あなたがいたはるところはまだひたひたや。僕はこんな深みにはまって、全身ずぶ濡れになってしもてる）ええかげんなきもちで、こんな返事、僕が出すと思わはりますか」


左大臣家では、もののけが出まくってて、葵サンの容態は悪化の一途。

生き霊の正体について、六条御息所の耳にも、いろんな噂がはいってくるん。亡くならはった御息所の父大臣《おとど》やとか、この自分の生き霊やとかね。その都度、御息所はつらつら、考えをめぐらせてみはんねん。

「わたしはただ、自分のさみしい境遇を嘆いてるだけで、誰かを苦しめたろやなんて、金輪際考えたことあらへん。けど、自分でも抑えきれへんもの思いの間に、魂がふらふらさまよって出て、『あちら』へ呪いをふりまきにいってる、て、そんな可能性はないやろか。

　ここ何年も、思える限りの思いを尽くして過ごしてきたけど、こころが折れてまうようなことは、ほんの一度もあらへんかった。それが、ああ、あの日の、ほんまにしようもない諍いのとき！『あちら』から、あんなないがしろに、目くそ鼻くそみたいに扱われた、御禊の日ぃから、あのときのことばっかし胸に浮かんでくるんやわ。こころがざわざわ波打って、乱れに乱れて疲れ果てて。

　で、ほんのちょっとの間ぁ、まどろんでみる夢のなかに、『あちら』の姫君らしいひとの、きれいに調えたある寝床がみえてくるんやわ。

　そこへ、わたし、出かけていく。あっちへこっちへ、ひきずりまわすん。気がちごたみたいに。滅茶苦茶に。ひたすら執念深く。とにかく、必死に、いじめ倒すん。そんな夢、何度も何度も見てる。見てまうん。

　ああ、最悪。魂が、からだから出ていくとかって、そんなことほんまに……」

　て、こんな風に、正気が失せたみたいに感じはることがしょっちゅうあって。

「ふだんから、他人ごとについては、ろくなことをいわへんのが世の常やのに、ましてやこの、いまの騒動は、おもしろおかしゅう、どないな風にでも言いたてられるネタやし。そのうちに、噂がきっと、噂を呼んで……。

この世からおらんようになってしもたひとが、死なはったあとに恨みを残さはんのは、まあ、ようある話やわ。それでも、誰かよそさんの身ぃに起きたてきいたら、不気味で、気色わるうてしゃああらへん……ましてや、わたしはこないして、この世にちゃんと生きてんねんで。そやのに、こないに不吉な、ひどすぎる陰口をたてられてもうて。

わたし、なんかやった？　これ、なんの報いなん？　もう、二度とあんな薄情なとこのことなんて思い出さへん！　こころにもかけへんで！　ぜったいのぜったい！」

て、何度も思わはんねんけど、「思わへん」て思うこと自体がもう、「思たはる」ことになってるし。

❀

まだまだ先やろ、てまわりの者みんな気ぃゆるめてた、そんな折、葵サンが急に産気づかはって、えらい苦しまはんのん。

盛大に、ご祈禱をあげさせるんやけど、あの、執念深いもののけだけ、そばにとりついたまんま、ぜんぜん離れようとしいひん。

えらい修験者はんらも、こんな怨霊、ふつうありえまへん、て弱りはててしもてね。けど、そのうち、さすがにご祈禱が効いてきたみたいで、もののけ、しんどそうに苦しみだして、

「……ちょっと、その祈禱、ゆるめておくれぇ。光さまにぃ、いいたいこと、あんのぉ」

「やっぱりね。なんやわけありやと思った」

て女房、光君呼んで、几帳のすぐそばに入ってもらうん。

まるでね、もうなんか、じきに亡くならはるみたいな雰囲気で。

「うちの子、光さまになんぞ、言い残さはることがあるんやないか」

て、ご両親とも席を外さはる。

加持のお坊はんら、低い声あわせて法華経読んだはる。荘厳そのもの。几帳のかたびら引き上げてのぞいてみたら、葵サン、お顔はほんまきれいで、おなかだけ小山みたいに高々盛りあがったはって。こんな様子、よそのひとが見たかて胸痛むのに、まして連れ添うた光君や、悲しみにくれ、涙にまみれてもうて、そら当たり前やんなあ。

お産の白衣の上に、色あざやかに、長々と伸びた漆黒のお髪を束ねて重ねたある。

こんな姿になって初めて、かいらしい、艶やかな雰囲気も加わって、ほんまのほんまにべっぴんさんやったんや、て今更ながら、あらためてわかるん。手ぇ握りしめて、

「あかん、あかんて、冗談やあらへんで！」

あとはえんえん泣きじゃくるだけ。いつもはきつうて、いたたまれへんような葵サンの目が、ふわっと緩んでこっちを見あげ、じいっと光君のことみつめたはるん。と、急に、涙がぽろぽろ落ってきて。光君の、深いところまで。

光君、臥した葵サンがこないにはげしい泣かはるんは、ご両親の切ないきもちを察しはってのことか、それか、僕とこない顔を合わせてるから、この世が名残惜しいてしゃあないんかもしれへん、て思い合わせて、

「な、考えすぎや。多少しんどかっても、ぜったい平気、心配することあらへんて。それに万一、どないかなったとして、僕らは来世もいっしょや。おとうはん、おかあさんとも、こんなに深い縁があるんやから、めぐりめぐって絶対会える」

そない慰めはったところ、

「……ちゃうのぉ。すごいしんどいしぃ、ご祈禱をゆるめてもらおぉ、と思てえ。ここぃ来る、つもりなんかぁ、自分では、ぜぇんぜんあらへんのにぃ、魂がぁ、勝手にい、こんな風にさまよって、出るぅん」

こころ寄せる風に、

「なげきわび　空に乱るる　わが魂《たま》を　結びとどめよ　したがひのつま（嘆きのあまり、空をさまようてるわたしの魂を、どうかあなた、紐で結びとめてくださいませ）」

その声、気配、葵サンとは別人。誰や、これ、て思い合わせてみたら、もう、そのひとずばり、六条御息所でしかありえへんのん。

信じられへん！　て光君。世間でとやかくいうてんのを、もちろん耳にはさんだことはあったけど、そんなん下種のたわごとやと、まったくとり合わんと無視してたのに、それをいま、目の前でまざまざ見せつけられてもうて。

この世で、こんなことてあるんや！　ていうか、こんな世に生きてんのんか、僕て。

ああ、いやや。鬱々や。

「そんなんいわれても、どこの誰やわからへんし。おい、はっきり、いうてみぃ」

そない水むけてみたら、むくむくむく、姿かわって、もう、そこにいたはんのん、御息所そのひとなん。信じられへんとか不気味とか、もうそんなんぶっ越えてて。女房らが近くに寄ってくるだけで、光君もう、ハラハラびくついたはって。

だんだんと声も静まってきたんで、ちょっとはましになったんやろか、て、おかあはんの大宮が薬湯を持ってきはって、葵サン、女房らに抱き起こされるん。ほどなく、男の赤ちゃんがうまれはった。そらみんな、こころの底から大喜び。なんやけど、まわりの巫女らにとりあえず、一時的に憑依させたある、ほかのもののけらが、お産をやっかんでわめく声が、そばでギャアギャア、やかましい響いとってねえ。後産のこともみんなまだ不安で不安で。

けど、あんな際限なしに安産祈願しはったおかげやろか、産後もわりと落ちついたはって、比叡山の座主さま、おおぜいの立派なお坊さまら、大仕事のあとの満足顔で、汗おしぬぐいおしぬぐい、急いで退出しはるん。

おおぜいが看病にこころ砕いてきた、ここ何日かの名残にも、少しはほっと息がぬけるようになって、こうなったらもう、ひと安心やん。つづけてまた、あたらしい御《み》修《ず》法《ほう》なんかを、用心してはじめさせたりしはんねんけど、まあ、さしあたっては、見てるだけでにやけてくる、まっさらなこの宝物、赤ちゃんのお世話やなんかでみんな頭いっぱい。誰も彼も、ほっと気ぃゆるめてて。

桐壺院さまをはじめ、親王、上達部ら、親戚縁者は、ひとり残らず「産養《うぶやしない》」、お誕生の宴ひらかはんねん。その晩ごと、空前絶後の豪儀な宴がつづいて、みんな大騒ぎやわ。ましてや赤ちゃんは男の子、お世継ぎやん。お祝いの作法も、とりわけ盛大ではんなりとおめでたいん。

いっぽう、六条御息所。華やかなお祝いごとの噂きかはるたび、とうてい冷静ではいたはらへん。

「『あちら』の奥さま、ついこないだまで、もう危篤で、てきいてたのに、ようもまあ、ご無事で……しぶといていうか……」

にしても、どないしたんやろ、わたし。

我失うて、ぼんやり曖昧な心地をたどりなおしてみはるん。着物には、護摩焚きの芥子《けし》の香りが、いつの間にやらしみこんでて。うす気味悪いし、ごしごし髪洗たり、着替えたりしてみはんねんけど、なんぼやったかて、ぜんぜん匂いがとれへんのん。

「自分事としても無気味で気色《きしょ》いのに、ましてや、よそさんからしてみたら、なに言わはるか、ああ、どないに思われるか」

ひとに相談できることやあらへんし、ひとりで思い悩んだはるうち、精神的に、よりいっそうおかしなってきはってねえ。

光君、気持ちがちょっとずつ落ちついてきはると、あの晩の強烈な生き霊のつぶやき、思いだすたびにぞおっとしはって。御息所をほったらかしにしとくのんは気がかりやし、とか、会いにいったらいったで、またうっとおしいことになるかもしらへんし、とか、それはそれで、彼女にも悪いし、とか、いろんなことぐるぐる考え合わせて、結局また、手紙書いて送らはるだけ。


重篤で、ギリギリあぶなかった葵サンの病後を気づこうて、まわりのみんな、まだ油断は禁物、て気ぃ張ったはって、当然、光君の夜遊びもなし。まだまだ、しんどそうなご様子ではあるんで、ふだんどおりに、ご対面したりもまだできへんのん。

おうまれになった男の子、ちょっとヤバイくらいきれいな赤ちゃん。お父はんの光君、いまのうちから特別にこころ砕いてお世話したはる。

ああ、うれしや、ありがたや、て、おじいちゃんの左大臣、夢がぜんぶかなった気分。葵サンがまだ本調子やないんが、ちょっと気にはかかるけど、あんな大病のあとやねんし、そら少々引きずって当たり前や、て、やっぱ人間、ずうっと心配ばっかりしてるわけにはいかへんもんやんなあ。

生まれたての若君の、目元のかいらしいとこなんか、藤壺さまのお子、東宮にほんまうりふたつで、光君、そっちにも会いとうて会いとうてたまらんくなって、宮中いってこよ、て思いつかはって。

「しばらく内裏にも顔だしてへんし、気になるんで、今日ちょっと上がってきますけど、あの、も少しそばでお話できひんっすか。なんで僕にはずうっと、そんなにそっぽ向いたままでいたはるんです」

て、恨み言っぽくいわはんの。

「ほんま、ほんま」

て女房ら。

「そんな、体裁気にしてばっかりのご関係やおへんやないですか。多少やつれはったとはいえ、わざわざ、もの隔ててご対面しはらんでも」

そないいうて、寝床のそばにお席作ってくれたんで、光君、入っていって、そおっと声かけはるん。

葵サン、ぽつぽつことばを返さはるん。まだまだ弱々しい声なん。

ただ、いっときはもう助からへんて、そないにまで見えたあのときの様子を思たら、いまこないに話せてるんが、ほんま、夢みたいで。もうギリギリ、あぶなかったときのことなんかも教えてあげはんねんけど、その流れで、あの、ついに息が絶えてもうたか、みたいな状態から、急に持ちなおさはって、べらべらつぶやきはじめたときのことも浮かんできて、ぞおっとなって、

「あの、えっと、お話ししたいこと、まだまだたんとあんねんけど、まだちょっと、重だるそうにしたはりますし」

いうて、

「あ、お薬、お薬たのむで」

て、光君じきじきに看病しはんのんを、いつの間にこんなことまで覚えはったんや、て、女房らみんな、じーんときたはるん。

ふだんから、歩く容姿端麗、みたいな葵サンがぼろぼろにやつれはって、息絶え絶

えに伏せったはる様子が、手の内で守ってあげたなるくらいに痛ましいん。ひと筋の乱れもなしに、はらはら枕にかかったある黒髪の様子なんか、もう、女神さんみたいにきれいやのん。

僕はいったい、ここ何年もずっと、こんなにもうつくしいひとの、どこがどう不満やとか冷たいとか思とったんやろ、て光君、われながら、なんでなんかわからんくらい、じいっと長々見つめはってね。

「お父はんとこ、桐壺院に顔だして、すぐにも帰ってきますし。今日みたいな風に、いっつもうちとけて会うてくれはるんやったら、ほんま、僕もどんなに嬉しいか。お母はんの大宮がずっと付き添ったはったし、考えなしの婿やて思われるかもしらへんと、ずうっと遠慮してたんすけど、そういうのんからも、もう、ちょっと解放されたいかな、なんて。ゆっくりにでもからだ治さはって、やっぱし、早よ、いつもの部屋に戻ってほしいなあ。ずうっとお母はんに、だだっ子みたいに甘えたやから、なーかなか、回復しはれへんのとちゃいますか、ねえ！」

そんな風にいい置いて、颯爽と装束つけて出ていかはんのを、葵サン、ふだんとはちごて、じいっと視線を留めて、横んなったままお見送りしたはんのん。

内裏では日暮れてから、この秋からの、役所の任免決める会議があってね。お父はんの左大臣も、宮中へ召集されたはんのん。

その息子らもめいめい、昇進やら転任やら、それぞれに希望があるわけやん。そやから、お父はんのねき離れはらへんまんま、みんな揃て、ぞろぞろお屋敷出て宮中へお出ましにならはったん。


うちのなかが急にがらんとして、しめやかな空気がたれこめるなか、突然、葵サンの胸に、あのいつもの、せきあがる発作が！　苦しみ、悶え、のたうつん！　そんですぐ、宮中に知らせるいとまもなく、あっという間に、息絶えてしまわはるん。

誰も彼も、足が地につかへん。つぎつぎに内裏から飛びだしていかはる。任免の夜ではあってんけど、こんな緊急事態とあって、ぜんぶ白紙。もう夜半過ぎやし、比叡山の座主や、名のある僧都らをお呼びするわけにもいかへん。

もう山は越した、だいじょうぶ、て油断してたところへ、まったく予想もしてへんかった急変やん。一家じゅうみんなもう大混乱。あっちこっちから駆けつけてくるお見舞いの使者に、誰もよう応対でけへん。お屋敷が、上を下へ、下を上へ、ぐらんぐらん揺れまくってて。また、それ以上に、家のなか立ち回ってるみながみな、怖いくらいにあたふた動顚しとって。

これまでにも何度か、もののけにとりつかれて、逝ってしもたみたいにみえたことがあったし、枕の向きはそのまんまで、二、三日見守ってみはんねん。けど、やっぱり、じょじょにじょじょに、死相があらわれてきはんのん。ああ、あかんかった、て諦めるときのみんなの気持ち、表情は、もう、最悪。せつなすぎやん。

光君、葵サンを喪うた悲しみだけやなく、一連のできごとの無気味さが重なって、おとことおんなの仲て、つくづく忌まわしい、て、身にしみて感じたはって。つきあいのあった女子らのご弔問なんかも、ただひたすら、鬱っとおしい、としか感じられへんのん。

桐壺院さままで、涙ながらにご弔問にみえて、左大臣は、面目がたって有り難い気持ちもあるし、涙のかわく暇があらへんねん。まわりに勧められるまんま、生き返りの秘法やら祈禱、いろいろ試してみはんねんけど、そんなさなかにも、ご遺体って、どんどんいたんでくるんやんか。そんなん目の当たりにしとったら、ほんま、まともな心境でいられるわけあらへんわなあ。

結局、何の甲斐もなく日は過ぎて、鳥辺野《とりべの》のお焼き場へ連れていかはることになって。その前後にも、お屋敷では、普通ではありえへんようなことが、あれやこれやとあってねえ。

　ほうぼうからご参列のお客さま、そこらのお寺の念仏僧ら、広野じゅう、ぎっしり埋めつくしたはる。桐壺院さまはいうに及ばず、藤壺さま、東宮さまのお使者、その他いろんなとこから、お弔いが入れ替わり立ち替わり来はって、お悔やみのことば、とぎれる気配があらへんのん。

　左大臣はもう、立つことさえできはらへん。這いつくばったまんま、

「この年までのうのうと生きてきて、いまを盛りの娘に先立たれるやなんて。ああ、なんの因果や」

　て、わが身の情けなさに泣きじゃくったはんのん。まわりはみんな気の毒げに見やったはるわ。

　夜通し、なんやかやと式次第がつづいてるうち、光君、はかのうなってもうた葵サンのお骨の姿だけを胸の名残に、夜が明ける前にそっと帰らはるん。まだ若いし当たり前やけど、身近なひとが亡くならはるんは、これまでたったひとりくらいで、そんな大勢経験してるわけやあらへんから、思い焦がれる無念さはくらべようもなく深いん。

八月二十日過ぎの、有明の月。明け空の景色、なんともいえへん風情がにじんで、お義父はんの左大臣が、真っ暗闇のこころで泣き崩れたはった姿があまりにも痛ましゅうて、ついつい、空に目ぇやらずにはいられへんのん。

「のぼりぬる　煙はそれと　分かねども　なべて雲居の　あはれなるかな（のぼっていったあなたの煙が、どの雲に溶けたかは見分けがつかへんけれど、その分、空ぜんたいが、僕の目ぇには慕わしい見えます）」

深まりゆく秋のかなしみが、風の音でいっそうしみてくるん。慣れへん独り寝に、まんじりともできひんかった光君。だんだんと明けてきた朝ぼらけ、一面薄霧がかかってるところに、ひらきはじめた秋菊の枝に、濃い青鈍色《あおにび》の手紙が巻きつけてあるん。誰からともいわんと、お使者が置いていったんやね。

「誰や、しゃれたことしはって、てあけてみたら、御息所の字ぃやのん。

「ずいぶんご無沙汰しております。そのあいだの、わたくしの気持ち、お察しくれはりますやろか。

人の世を　あはれと聞くも　露けきに　おくるる袖を　思ひこそやれ（ひとの世は菊の花みたいに、無常ではかないもんですわ。あとに残されはったあなたの袖はきっと、いまごろ涙でびしょびしょで）　たったいま空みあげたら、切ない思いが、とめどなくあふれてしまいまして」

「さすが、いつもにもまして上手いなあ」

て光君、感心して、何度も読みかえしてみはんねんけど、そのうち、今回の経緯おもいだして、け、自分のことはほっかむりか、しらじらしい歌やで、て胸のうちで悪態つかはんの。そうはいうたかて、ぷっつり返事しいひんのも、われながら気まずいし、いくらなんでも相手の名に失礼やんなあ、て思い迷ったはる。

「葵サンは、どないにせよ、ああした悲運を背負ったはったんかもしらへん。けど、それにしたかて、なんでまた僕は、あんなようなもんを、しかも、しかとこの目で、見間違いようあらへんくらい、はっきり見てもうたんや、ああ、むかつく」

て、こんな風やし、光君、御息所への気持ちを持ちなおさはんのんは、自分の胸のうちやいうのに、どないしたかて無理みたい。

斎宮がいたはんのに、不浄にはならへんやろか、とか、いろいろ悩んだ揚げ句、こ

っちは濃い紫の鈍色紙に、

「ほんま、ご無沙汰してしもて、すみませんでした。いつもこころにはかけてます。うちがいまどんな状態か、ほんなら、ようようわかってくれたはるんですね。

とまる身も　消えしも同じ　露の世に　心おくらむ　ほどぞはかなき（この世にとどまるもんも、消えてしもたもんも、はかない露の世に生きてんのは同じやのに、いつまでも、この世にしがみついてんのは、みっともないことやとおもいます）

お考えやら、おっしゃりたいことやら、いろいろおありやとお察しします。けど、どうかぜんぶ、忘れたってください。この文、ご覧にならへんかもしれへんのんで、ほな、これにて。早々」

御息所、ちょうど六条の自宅へ帰ったはるときで、光君の返事、隠れてそっと見はって。それとなく匂わせたある箇所、やましい気持ちもったはるぶん、くっきり、くまなく読みとらはって。

「ああ、やっぱし……」

愕然とならはんの。

「ほんまにもう、わたしの運命は、どこまでもどこまでも堕《お》っていく一方やわ。この噂が、院さまのお耳に入りでもしたら、いったいどない思わはるか。亡くならはった東宮さまの、同腹のご兄弟のなかでも、あのお方同士はほんまにお仲がようて。うちの姫のことひとつとっても、遺言に、事細かに書き残さはって、そやから桐壺院さまは、『これからは、わしが東宮の身代わりや。ずっと後見にたったるし、安心しいやなんて、いうてくれはった。それだけやない、わたしなんかに『いっしょに宮中で住んだらええやないか』とまで、何度も何度も、声かけてくれはって。

　そんな、滅相もないこと、てお断りして、世間からは離れて暮らすつもりでおったのに、ほんま、思いもよらへんうち、年甲斐もあらへん恋の道に、ずるずる、どうしようもなくはまりこんでしもて。揚げ句、世間から噂されるまでなってまうなんて、ああっ」

　こんな風に、まだまだ精神的には不安定なまんまなん。

　まあ、そないいうても、この御息所については、もともと世の中では、奥ゆかしい上センスばつぐん、て評判は高かったわけやし、ずっと前からめっちゃ有名なセレブやん。斎宮が野宮《ののみや》へ移らはるときにも、しゃれた目新しい趣向をいろいろとこらさはってね。まわりのイケメン殿上人ら、朝夕、斎宮のいたはる野宮へ、通勤のお客みたいに、せっせせっせ、通いつめたはんねん。

そんな噂耳にはさんでも、光君、

「ふうん、そらそーやろ。もってうまれたセンスがもう、もともと並外れたはるから。もしほんまに、都に飽きはって、お伊勢なんかにいってしまいはったら、ちょっとさみしいかもなあ」

いまさらそんなこと思たはんのん。

いつまでも、こないに引きこもってるわけにいかへんやん。で、光君、お父上、桐壺院さまんとこへ上がらはることに。

クルマ出させて、で、先払いの家来らが集まってきた頃、なんかね、まるでみんなの気持ち汲みとったみたいに、時雨がざっと降りつけて、木の葉散らす風が折からに吹きまいて、お屋敷に控えた女房ら、どうしょうもなしに心細うて、少しの間ぁに、ちょっとは紛れてた哀しみがまたこみあげてきて、涙で袖を濡らさはるん。

この晩は、院さまのとこからじかに二条院いって泊まらはる、いうことで、お付きのもんらも、そっちで待機しとくために、それぞれ左大臣家から出発すんねん。でね、今日でもうお別れ、ていうわけやあらへんわけやけど、なんかもう、みんな、無性にかなしいん。左大臣も、大宮も、お出かけしはる光君の姿みて、あらためてかなしみに暮れはるん。

光君、お義母はんの大宮に、お手紙残していかはる。

「桐壺院のほうから、どうしてるか心配、ていうてきましたので、今から、顔見せにいってまいります。ちょっとの間だけの外出、いうのに、今日まで、あのかなしみの中、よう生きぬいたもんやと、こころがかき乱される心地がしております。お義母さん、お義父さんのお部屋に、こちらから伺うのもかえってご迷惑かとおもい、手紙のみにて失礼いたします。いってまいります」

読んだ大宮、目ぇもみえへんくらい、ダダ泣きに泣かはって、返事かてよう書かはらへん。左大臣が立って、すぐ光君のところまで来てくれはるん。こらえきれへん表情で、袖をずうっと目頭に当てたまんま。まわりのひとらの胸にもかなしみが湧きあがってくんねん。

光君、ひとの世のさみしさ、かなしみについて、ずっと深う、思いつづけてきはったやん。で、しみじみ涙ぐんだはんねんけど、その様子がまた、艶っぽうて男前なん。

左大臣、胸のうちゆっくり鎮めてから、

「こないに歳重ねてくると、ほんのちょっとしたことで、つい涙もろうなってもうて。ましてや、ぐしょ濡れの上、ずたぼろにちぎれたこのこころ、どない繋いで治したらよろしいんやら、さっぱりわかりまへんのんで。傍からみはっても、さぞかしえずくろしい様にちがいありまへん。院さまの御前へ、このわしが、どの面さげてのこのこ出られましょうや。なにかの折に、そのように院さまへ、お伝えくださいませんやろか。もういくばくもないこんなおいぼれが、いきなり娘に先立たれてしもた、そのつらさいうたら……」

気ぃ静めて、声、しぼりださはるん。光君も、時折鼻かみながら、

「この世の万事、順番の後先なんて、決まったあるもんやないて、知ったたつもりでいてましたけど、実際、自分の身にふりかかってみたら、いや、半端ないっす。マジ、切なすぎますわ。父の院にも、今回のこと、詳しゅうに報告しときます。いろいろ、汲んでくれはることやとおもいます」

そないいうたところ、

「ほんなら、さ、さ」

て左大臣、低い声でせき立てはるん。

「時雨が、ぜんぜん、やむ気配、おまへんなあ。さ、日ぃのまだあるうちに、さあ」


で、桐壺院さまの御前に、光君、つかはります。

「おお、えらいやつれよったのう。ここしばらくずっと、仏様へのお勤めに、気ぃいれすぎやったんとちがうか」

て本気で心配しはって、ごはん運ばせたり、とやかくや、院さまみずから気ぃ使てくれはんのん。ほんま、もったいなすぎて涙にじんでくるわ。

中宮の藤壺さまの方へいってみたら、女房らみんな、

「うわあ、えらいお久しゅう」

て、しみじみ歓迎しはんの。

藤壺さま、光君も顔なじみの王命婦を通じて、

「このわたしにしても、かなしみの尽きることはありません。にしても、時がたてばたつほどに、さみしさはどれほどつのることか」

て、挨拶おくってきはる。

光君、

「この世は無常やと、あらかた心得てるつもりではおったんです。けど、この身でまざまざ味わってみると、ほんま、キツかった。キツすぎて、どないかなりそうでしたわ。これまで、たびあるごとに下さった、お悔やみのおことばに、どれほどこころが救われましたか。きょうの今日まで」

て、こういう状況でのうても濃厚な、藤壺さまへの愁いをさらにいっそう滲ませて、はたで見てても痛々しいくらいやのん。

無地の袍《ほう》に、鈍色の下襲、纓《えい》を内にまきあげた喪服姿が、いつもの華やかな格好より、いっそうなまめかしさを発散したはって。

「ここしばらく東宮にもお目にかかってないですけど、どないしたはりますか、お元気やったら、よろしいんですけど」

とか申し上げて、夜が更けてから退出しはんのん。

二条院では、隅々まで掃き磨いて、お仕えする全員、光君のお越しを待ちこがれたはる。＊上臈《じょうろう》の女房らもみんな参上しはって、競い合うて、おしゃれ、お化粧したはんのん見てたら、光君、あの、沈みきった左大臣家の空気おもいださはって、逆に切のうてね。

着替えてから、西の部屋へ。冬支度に衣替えしたお部屋は、晴れやかで、一点の曇りもあらへん。かいらしい若女房、童女らの身なり、姿、すっきり整えたあって、乳母の少納言の、おもてなしのこころが行き届いたあるのんがしみじみわかるん。

紫ちゃん、ていうか、紫《むらさき》の上《うえ》は、ほんまにかいらしゅう身づくろいしはって。光君、「しばらく会わへん間に、大人っぽうならはったなあ」

て、小ちゃい几帳ひきあげてご対面。紫の上、照れてそっぽむいたはる、その様子もかいらしゅうてたまらへん。灯火に浮かびあがった横顔やら、流れる髪やら、あの、心底お慕いするお方と、ほとんど変わらんようになってきはってね。

光君、超感激。

ねき寄らはって、しばらく逢われへんで気がかりやったことなんか、あれやこれやとこぼしてから、

「こっちも、積もる話、ゆっくり耳にいれたいねんけどね、穢《けが》れ、っちゅうのん、そ

んなんうつしとうもないから、向こうでちょっと気ぃおちつかせてから、すぐにまた戻ってくるわ。これからはもう、ずうっと一緒にいてられるしな。ほんまウザいっちゅうて、逃げだしたなるくらい」

そないいわはんのを、少納言は嬉しそうに聞きながら、でもやっぱり、一〇〇%安心とまではなかなかいかへんわ。あっちこっちセレブな彼女がぎょうさんいたはるし、とか、またまたやっかいな相手正妻に抱えこまはるんちゃうか、とか。まあ、そこまで気ぃまわさへんでも。

光君、自分のお部屋で、中将《ちゅうじょう》の君《きみ》、ていう女房に足さすってもらいながらすうう寝はるん。朝になって、赤ちゃんのいたはる左大臣家にお手紙出さはってね。そしたら、義母の大宮から、あふれでるほど情のこめられた返信があって、それ読んでるうち、またまた胸に切ないかなしみが湧きあがってくるん。

✿

このところの光君、だいたい日がな一日、ボーッともの思いにふけったはるん。夜の気まぐれな忍び歩きなんか、面倒くそうてしゃあないし、行く気にさえならはらへん。

「けど、紫ちゃんは気ぃついたら、もうすっかり大人の、えらいべっぴんさんにならはったなあ」

て光君、しみじみ思いなおして、

「見た目も年も、ぼくと君、いまやったらもう、なあんも不釣り合いなことあらへんやろ」

で、光君、なんとはなしに、色っぽいこと匂わしてみはんねんけど、紫の上、ぜーんぜん気づかはらへん。マジぼけでスルー。

手持ちぶさたなまんま、碁うってみたり、漢字の偏つぎ遊びしたりして、毎日ふたり、仲良うに過ごさはるうち、大人びてきた紫の上の利発さ、愛嬌のよさが、遊びのなかにもきれいに、まっすぐ線を引くみたいにあらわれてくるんやんか。

今日これまで、「おんな」とは見いひんと、女の子女の子したかいらしさだけに惹かれたはったんやけど、光君、だんだん、辛抱できひんようになってきはってね。相手のおぼこさ、無邪気さを思たら、かわいそうかな、て遠慮する気持ちが、なかったわけやないねんけど……。

で、さあて、なにがあったやら。

傍目には、いつからどんなふうな仲に、ていうのははっきりわからへんねんけど、ある日、光君だけ先に、わりと早うに起きてきはって、紫の上だけ、ぜんぜん起きてきはらへん、そんな朝があってね。

女房ら、

「えらい寝坊しはんなあ。お気分でも悪いんやろか」

て心配したはって。光君、御帳のなかへ硯箱さしいれてから、自分のお部屋へ戻っていかはんのん。

誰もいてへん、てみてとった紫の上、ようやっと頭もたげてみると、枕元に結び文。さっとほどいたら、そこに、

「あやなくも　隔てけるかな　夜《よ》を重ね　さすがに馴れし　夜の衣を（なんでいままでこうならへんかったんかな。ずっといっしょに夜を重ね、夜の衣も見慣れたはずやのに）」

て、筆まかせの勢いで書いたある。

「なんやのん、これ！」

て、紫の上、

「こんなつもりやなんて、思いもよらへんかった！　あんなキモいやつのこと、これまで、なんで、頼れるおにいちゃんやなんて！　ああ、キモ！　キモ！　キモ！　うち、あほやわ！　ほんま情けないわ！」

お昼近う、光君やってきはって、

「気分わるいて、どないしたん今日は。碁ぉも打たへんで、辛気くさいやん」

いうて覗かはったら、紫の上、掛けたあった夜具や着物、がばって上から引っかぶらはって、うつ伏せで隠れてまうん。女房らみんな、後ろにさがって待ったはるし、光君さらにねき寄らはって、

「なんやねんな、そんなつんけんして。こんなめんどい子ぉやて思わんかった。ほら、外のおねえさまがたもへんに思たはんで」

そないいわはって、そおっと夜具ひきはがしてみたら、紫の上、なんやしらんけど汗みずくで、前髪もぐしょぐしょに濡れそぼったあんのん。

て光君。

「うわ、ヤバ」

「これ、マジで洒落にならへん」

で、あの手この手で機嫌とろうとしはんねんけど、紫の上、あまりにもショックがでかすぎて、たったひと言の声も出さはらへん。

「はいはい、わかりました。もうぼく、君の前には一生涯二度とあらわれへんから。はあ、立つ瀬ないなあ」

て光君、ぶつくさいいながら、さしいれといた硯箱のふた取ってみたら、箱のなかはすっからかん。

「読んではくれたんやね。ふふ♡　やっぱ、まだおぼこいなあ」

て、光君、胸キュン。一日じゅう御帳んなかこもりきって、なだめすかしたりしはんねんけど、機嫌なおす兆候いっさいナシ！　でもそれがまた、光君にしたら、胸わしづかみにかいらしねんて。

その晩は、十月の初亥の日。縁起ものの亥の子餅たべる習わしなん。まだ喪中の光君、表立たんとさりげなく、紫の上の部屋にだけ届けるように、しゃれた檜破子《ひわりご》ていう折り箱に、色とりどりの飾りつけ施さはったん見て、西の対の南面に惟光クン呼ばはってね、

「この餅な、こんな派手に色数使わんと、もっとシンプルにして、明日の暮れにな、西の対へ届けといてくれへんかな。今日は、日ぃが悪いんやわ」

て、笑いこぼしながらいわはんのを、惟光クンは、察しのええ子ぉやから、すぐに「ははん、なるほど、結婚三日目のお祝いのお餅かあ」て気づかはって、細かいことなんも聞きもせんうちに、

「光さん、ナイス判断っす。おめでたいことの初めは、ちゃんと、日選んでしんなあきません。にしても、亥やのうて、子《ね》の日になりますし、その、子の子の餅、なんぼこしらえさせましょか」

まじめくさっていわはるのんに、光君、

「そやなあ、今日の三分の一くらいかな」

「ラジャーっす」

て引きさがるん。やっぱ、世慣れとんなあ、て光君。惟光クン、誰にも秘密で、み

ずからペッタンペッタン餅つきしてるくらい盛りあがって、自分ちでこっそりお餅作らせたはんのん。

紫の上のご機嫌とりはそうそう簡単にはいかへん。なんか、このカワイコちゃんのこと、今はじめて、どっかから拉致ってきたみたいな雰囲気にもなってきて、それにまた、光君、えらい萌えてきたりして。

「これまで真剣にかわいがってきたつもりやったけど、今のこの気持ちとくらべたら、どんだけ半端やったかようわかるわ。ひとのこころ持ちって、ほんまアテにならへん。今はもう、ひと晩逢われへんのも無理やもん」

いわれてたお餅、惟光クン、えらい夜更けになってから、こっそり届けてくれはって。乳母の少納言はもうええ年やし、紫の上がきまり悪う思わはるかも、て惟光クン、やさしい気ぃまわさはって、少納言の娘の弁《べん》ちゃん、いう子ぉ呼びだして、

「これな、内々で、あんじょうもっていったってくれへんかな」

いうて、香壺《こうご》の箱いっこ差しいれはるん。

「ええか、姫さまの枕元へお供えする、お祝いごとのもんやしな、くれぐれも大切にな、フラフラもってったらあかんで」

弁ちゃん内心、へんなこといわはる、て思て、

「フラフラて、うちそんな夜歩きやなんて、まだ誰にも教えてもろてまへん」

て勘違いしてこたえはんのを、惟光クン、

「ちょお、ちょお、今夜はめでたい席なんやから、そういうのんは禁句な。お姫さまのそばで、口すべっても、いうたらあかんで」

まだ年端もいかへん子ぉやし、事情もわからんとキョトンてしてるん。素でふつうにもっていって、御几帳から紫の上の枕元へ差しいれはる。どうせこのあと、光君じきじきに、紫の上にこのお餅の意味やら所以やら、教えつくさはるんやわ、いろんな手管で、ねえ。

皆が皆は気づかはらへんけど、次の朝、この箱を枕元から下げさせはるん見て、そばでお仕えしてきはった女房らのなかには、

「えっ」

「あ、そうなん」

て、いろいろと思いあたらはることもあってね。お餅のせるお皿や、いつの間に用意させはったんか、華足《けそく》やなんかもほんまきれいに設えはって。もちろん、お餅もこころこめて、ていねいにこさえたあって。

乳母の少納言ね、まさかここまでしてくれはるやなんて、想像もしたはれへんかっ

た。万事いきとどいた光君のはからいに、ありがたさで胸いっぱいで、感激の涙ぽろぽろ落とさはんの。

ただ、女房らは、

「にしても、お餅のこととか、うちらに、そおっと相談してくれはってもよかったんちゃうのん。惟なんとかいう兄さん、いったいどないなつもりやねんな」

とか、ささやきおうたりしてて。

こないなってからは、内裏へ、院さまとこへ、一瞬あがらはるその間にさえ、そわそわドキドキ、紫の上の面影ちらついて、逢いとうて恋しゅうてしゃあないん。

「ほんま、どないしはってんな、自分」

て、光君、ひとりでつっこんだはるん。

こまめに通とった彼女さんらからは、恨み半分、誘い半分のラブレター続々届いとって。ほったらかしのまんまで、ちょっとかわいそうかな、て、そない感じる相手がおらんわけでもないねんけど、ただやっぱし、あたらしい枕のお相手がいとしすぎて

かわいすぎて、

「一夜も逢わんではおられへん」

ていう万葉の歌とおんなじに、気にかかってしゃあないん。ごちゃごちゃ入り組んだややこしい恋愛関係、だんだんうっとおしいくらいに思えてきはって、

「このところの一連の騒動で、人生に疲れ果ててしまいました。復活できてから、お目にかかれたらうれしいです」

これだけ返事して、あとはずうっと二条院に引きこもって過ごさはんのん。

❀

弘徽殿の女御、皇太后にならはってね。

その妹の、あの「朧月夜」のべっぴんちゃん、*御匣殿《みくしげどの》の女官にあがらはったいままだ、大将、光君へのいとしさを一途につのらせたはって。

それを右大臣が、

「なるほどなあ。まあ、わからんでもないわ。あちらでは、あのご立派な奥方も亡くならはったわけやから、まあ、そないなったとしても別に、不都合な話やないわな」

とかいわはんのんが、皇太后にしたらムカついてたまらへん。

妹の朧ちゃんが宮仕えで、ひょっとして、えらい玉の輿にのれたとしたら、光君につけられた傷かてチャラにできるかもしれへんから、なんとか後宮に入れるよう知恵しぼりまくったはんのん。

光君にしてみても、朧ちゃんのこと、そこらへんにいてる女子らとはレベルがちゃうて感じたはったから、後宮入りてきいて、そら残念なんは残念なんやんか。けど、いまはもう、別の誰かにこころ分ける気ぃなんか、さらさらあらへんし、

「まあ、ええか。人生てこんな短いねんし、僕は僕で、このままほっこり落ちつこ。誰かに恨み買うのんはもうこりごりや」

て、例の件思いおこしては、背筋ブルブルふるわさはって。

「あの御息所なあ、たしかに気の毒は気の毒やった。けど、いざ奥さんに迎えて、一生顔つきあわして暮らすとなったら、ぜえったい、気詰まりでしゃあないって。これまでみたいな、つかず離れずの関係が、つづけられたらまあ、それがいちばんええわ。たまに逢うだけやったら、ほんまようこころ汲んでくれはんねん、あのひとは」

いうて、完璧に別れてまう気ぃは、まだまだあらへんねんな。

で、紫の上のことやけど、これまで世間のひとから、どこの誰ともまるっきり知ら

れたはらへんのんが、なんかいまいちパッとしいひんし、この際やから、お父はんの兵部卿宮にあいさつしとこ、て思いつかはってね。

成人、婚礼の御裳着のことやら、そんなおおっぴらにはしいひんけど、超セレブ風にいろいろ用意させはんねん。

こんな玉の輿、ほんま、ふつうではあり得へんねんけど、紫の上、光君のこと、いまだにマジうざがったはってね、

「これまでずっと、なんでも頼りにして、そばでまとわりついたりして……ああ、キモっ。サムっ」

て、後悔しかあらへん。一瞬かて目ぇ合わさはらへん。光君がなんか冗談いうたび、おもろがるどころか、どよーんて顔曇らさはって。けど、これまでとは別人みたいに変わってもうたそんな紫の上も、光君の目ぇには、なんや可笑しいて、いとおしいて。

「もう長いつきあいやん。僕のほんまの気持ちわかったはるくせに。そんなブスッとして、あー、もう、かなんかなん」

とか、ぶつぶついうてる間ぁに、もう年明け。

元日にはいつもどおり、父君の院さまに挨拶してから、内裏、東宮にも顔ださはる。それから、左大臣家へ向かわはんのん。

左大臣、お正月のこととか全然おかまいなしに、奥さんの大宮相手に、亡くなった葵サンの思い出、とつとつと話したはったところ、悲しみに沈みきったちょうどそこへ、お婿はんの光君が年始に訪ねてきてくれはって。それまで我慢に我慢を重ねてきはってんけど、もういよいよ、気持ちのこらえようがあらへんのん。

ひとつ齢を重ねはったからか、光君は、ぱっと見ぃになんや重みも加わって、前よりいっそう立派に、きらきら輝いて見えはるん。すうっと立ちあがって、前の葵サンのお部屋に入らはると、居並ぶ女房らもみな、ひさしぶりに会う光君の姿に、ついつい、涙を抑えられへんのん。

光君、赤ちゃんの若君とご対面。すっかり大きいならはって、にこにこ笑たはる。こころからしみじみかいらしいん。目、口つき、みんな東宮の、藤壺さまのほうの若君とも、ほんまうり二つでね、

「ひとが見たら、どない思わはるやろか」

て、胸がぞわってなるくらい。

お部屋のしつらえは前のまんま、なあんも変わってへん。御衣掛《みぞかけ》に自分の服も、いつもどおり、ちゃんと掛けられたある。でもそこに、葵サンの服だけ、あらへんねん。まるで冬風に、吹き飛ばされたみたいに。

大宮から、ご挨拶。

「お正月ですし、今日は、いっしょけんめいにこらえておったのやけれど、こないに、お優しゅうにおたずねくださって。そやし、ねえ」

て、ことばをついでいかはるん。

「去年までどおり、光さまのご装束も、調えさせてもろたんですけどな、ここ最近ずうっと涙でかすんで、目ぇがふたがってもうて、えらいババむさい色の取り合わせや、思われるかもしれまへんな、そこは、どうか堪忍してもろて、今日だけはこの地味な服に、お召替えいただけまへんやろか」

そないいわはって、気持ち、こころ尽くして調えはった着物、何枚も、御衣掛に重ねてくれはんのん。ぜったい今日この日、身につけてもらえたら、て、そない思て誂えはったらしい御下襲《したがさね》は、色目もデザインも、光君ですらみたことないくらい立派に作ったあって。

「これは、着させてもらわんと」

て、光君、素直に着替えはるん。

「もしこれで、僕が今日、来てへんかったとしたら、このひとら、こころぽっきり折れてしまわはったんかもしれへんなあ」

そない思たら、胸がキリキリ痛んで。

光君から、お返事。

「かなしみの底にも、新しい春は、こないにやってきます。とりもあえず、いまの僕の姿を、まずはご覧いただこう、そない思て挨拶に参りました。けど、ここにいてるだけで、思いだされることばっかり、つぎからつぎへ胸にあふれて、なあんもことばにすることができひんのです。

あまた年　今日あらためし　色ごろも　きては涙ぞ　ふる心地する（何年も何年も、このうちで着替えさせてもらいました色うつくしい晴れ着、今年も着てみたら、昔がよみがえって、涙が降りおちるばかりです）

いろんなもんがあふれて、僕、もう、ほんま、どうしょうもありません」

て光君。

大宮から、お返事。

「新しき　年ともいはず　ふるものは　ふりぬる人の　涙なりけり（新しい年、とはいうてもね、降るもんはあいかわらず、古びたこのわたしの、涙しかありまへんの）」

半端ない、かなしみの底で。

【きりつぼ】

更衣…天皇のお妃、おおぜいいる奥さんのひとり。もともと、天皇の服を着替えさせる役目でした。身分は、后・中宮・女御の下に位置します。納言家、また、それ以下の貴族の女性からえらばれます。

上達部（かんだちめ）…公卿のことです。大臣・大納言・中納言、その他、三位以上の身分のひとをこう呼びます。公卿会議に出席し、政治にかかわることができます。

殿上人（てんじょうびと）…上達部以下であっても、四位・五位のなかでとくに清涼殿の殿上（殿上の間）に昇ってよし、と許された者。蔵人は、六位でも昇殿を許されていました。

打橋…建物と建物のあいだに、長板を渡してつくった橋です。必要に応じてかけたりはずしたりできます。

渡殿（わたどの）…ふたつの建物をむすぶ、屋根のついた渡り廊下です。また、渡り廊下のとちゅうにしつらえた部屋のこともさします。

清涼殿…平安京の内裏にならぶいろいろな殿舎のうち、天皇が日々を暮らす御殿として、もっとも高貴とされた場所です。平安時代のなかごろからは、叙位・除目の他、四方拝・小朝拝など、さまざまな行事もとりおこなわれました。

袴着…皇族や貴族の子どもが、初めて袴を身に着ける儀式です。大昔は三歳、その後、五歳、七歳でもおこなわれるようになりました。

手車（てぐるま）…輿を台車にのせた形の車で、ひとが手で引きます。内裏のなかは、ふつう「歩き」が基本でしたが、天皇からとくに許可があった場合、手車に乗って行き来するひともいました。

御簾（みす）…神前や貴人の部屋にかかっている簾（すだれ）。「御」すだれ、というわけです。

元服…男子の、成人の儀式です。髪型を改め、冠をかぶり、衣服も成人のものに改めます。年齢はじつは一定していません。だいたい十二歳ごろが多いようです。

南殿（なでん）…紫宸殿の別名です。紫宸殿は、平安京内裏の正殿、いわばメインホールで、即位・朝賀・節会など、晴れがましい儀式の場でした。

【ははき木】

物忌み…もののけや穢れを避けるため、ふだんふつうにやっていることを控え、家にひきこもることです。誰とも会わず、肉食をやめ、沐浴し、お香を焚いて、部屋でじいっとしています。

参議…大臣・大納言・中納言に次ぐ、政治上の要職です。定員は八名。四位以上の者から五ヵ国の国司歴任者などの有資格者が任命されました。

脇息（きょうそく）…座ったときに肘をのせ、体を支えて休むための、台付きクッションです。独立した肘かけ。

方違（かたたが）え…行きたい場所があって、そっちの方向が陰陽道でみて不吉にあたるとき、いったん、違う方向にある別の場所で一泊し、そのあと本来行きたかった場所へむかう。ちょっと面倒な風習ですが、宮廷のひとはみな従っていました。

際（きわ）…そのひとがいまいる社会的・空間的な「場」を、ほかと線引きするライン。身分の境界に引かれた線。分際のことです。

【うつせみ】

格子…細い角材を縦横に組んで、黒塗りにした戸です。柱と柱のあいだに上下二枚をはめます。下はふだん固定してあり、上は金具でつり上げて外側へひらくことができます。開放するときは上下ともとりはずします。

【夕がほ】

蔀（しとみ）…日よけや風雨よけのため、格子の裏に板を張った戸です。上下二枚あり、ふつう、下を固定して上だけ外にあけられる「半蔀（はじとみ）」をさします。

九品（くほん）…死んでからどの世界に行くかを、九つの階級であらわします。いちばん上が「上品上生」、次に上品中生、上品下生、中品上生、中品中生、中品下生、下品上生、下品中生、下品下生とつづきます。「品」が階級のこと。九品のどこに行けるかは、生前のおこないによって決まります。

揚名介（ようめいのすけ）…名目だけで、仕事も給料もない、国司の次官のことです。いってみれば名誉職です。

遣り戸（やりど）…敷居や鴨居の溝をすべらせて横に開け閉めする引き戸です。いまもある、障子やふすまのような構造です。

御岳精進（みたけそうじ）…弥勒浄土と信じられた吉野の金峰山（きんぶせん）に参詣するひとが、その前行として、五十日または百日のあいだ、身を清め、お経を読んだり写経したりします。金峰山は当時、極楽の顕現と考えられていました。

優婆塞（うばそく）…出家せず、在家のまま仏門にはいり、修行している男性のこと。女性だと優婆夷（うばい）です。

長生殿（ちょうせいでん）…唐の太宗が驪山（りざん）に建てた離宮です。玄宗皇帝が寵愛する楊貴妃をともなって、ここで長い時を過ごしました。白居易の「長恨歌」では、七夕の夜、「世々代々生まれ変わっても夫婦にならん」と、ふたりが長生殿で誓いを立てる場面がうたわれます。

轅（ながえ）…牛車の前方に付いている二本の長い柄。二本の端に軛（くびき）という横木を渡し、牛に引っぱらせます。

滝口…清涼殿の周囲を流れる「御溝水（みかわみず）」が、ここで集められ流れ落ちる溝です。御殿の東北にあります。また、そのそばに「滝口の陣」があり、そこに詰めて宮中の警護にあたる「滝口の武士」のことも指します。

【すゑつむ花】

階隠（はしがくし）…社殿や寝殿造りの建物の、中央階段の上に張り出した、左右二本柱の庇です。雨のとき、階段や輿を乗り降りするひとが濡れないようにつくられました。

【もみぢの賀】

催馬楽（さいばら）…平安時代に流行した古代の歌謡です。もともとは、奈良時代に民間で歌われていた民謡や戯れ歌を、雅楽のなかに取り入れ、宮廷音楽としました。宴席や儀式のとき、笛・笙・箏・琵琶・ひちりきなどの伴奏で歌われました。

【花の宴】

房（ぼう）…部屋のこと。「局（つぼね）」ともいいます。

裳着（もぎ）…平安時代、貴族の女性が成人したしるしに、初めて「裳」を着る儀式のこと。裳とは十二単の着物のうちのひとつです。徳の高いひとに頼んで、裳の紐を結んでもらいます。同時に髪も結い上げます。結婚する前、十二歳から十四歳ごろにおこなわれます。

踏歌（とうか）…平安時代、宮中の年始の行事として、歌舞の得意な都の男女を召し、集団で足を踏み鳴らしながら、新春の祝詞をうたい舞わせました。十四日または十五日には男踏歌、十六日には女踏歌がおこなわれたようです。

空薫（そらだき）…どこからともなくにおって、来客をさりげなく迎え入れるようにお香を焚くこと。また、そのにおいのこと。

【あふひ】

榻（しじ）…牛車を牛からはずして停めておくとき、車を引く柄「轅」をのせておく台のこと。乗り降りする際の踏み台としても使いました。

護摩（ごま）…不動明王などのご本尊の前に壇をしつらえ、火をつけたなかへ護摩木を投げ入れて祈願します。真言宗・天台宗の密教や修験道の修法です。古来、インドのバラモン教やゾロアスター教の秘儀に通じています。

上臈（じょうろう）…地位や身分の高い女官のこと。

御匣殿（みくしげどの）…宮中の貞観殿のなかで、衣服・装束を裁縫し、ととのえるところ。ここに仕える女官の長のこともさします。

てんご…悪ふざけ、いたずらのこと。「てんごう」ともいいます。

ねき…そば、近く、の意味。

えずくろしい…なんとも不快で、気持ち悪い。悪趣味、くどすぎる。

参考文献

古典セレクション　源氏物語（阿部秋生・秋山虔・今井源衛・鈴木日出男 校注・訳、小学館、一九九八年）
全訳古語例解辞典（小学館）

企画協力　岡村啓嗣

本書は二〇二一年四月、弊社より単行本として刊行されました。

|著者|いしいしんじ　1966年、大阪市生まれ。京都大学文学部卒。'96年、短篇集『とーきょーいしいあるき』(のち『東京夜話』に改題して文庫化)、2000年、初の長篇小説『ぶらんこ乗り』刊行。'03年『麦ふみクーツェ』で第18回坪田譲治文学賞、'12年『ある一日』で第29回織田作之助賞、'16年『悪声』で第4回河合隼雄物語賞を受賞。その他の小説に『トリツカレ男』『プラネタリウムのふたご』『ポーの話』『みずうみ』『よはひ』『海と山のピアノ』『マリアさま』『まあたらしい一日』、エッセイに『京都ごはん日記』『且坐喫茶』『毎日が一日だ』『きんじよ』『ピット・イン』など。'09年から京都市在住。

げんじものがたり

いしいしんじ

2023年12月15日第1刷発行

発行者──髙橋明男
発行所──株式会社　講談社
東京都文京区音羽2-12-21　〒112-8001
電話　出版　(03) 5395-3510
　　　販売　(03) 5395-5817
　　　業務　(03) 5395-3615

Printed in Japan

講談社文庫
定価はカバーに
表示してあります

KODANSHA

デザイン―菊地信義
本文データ制作―講談社デジタル製作
印刷―――株式会社KPSプロダクツ
製本―――株式会社国宝社

ISBN978-4-06-534035-6

講談社文庫刊行の辞

二十一世紀の到来を目睫に望みながら、われわれはいま、人類史上かつて例を見ない巨大な転換期をむかえようとしている。

世界も、日本も、激動の予兆に対する期待とおののきを内に蔵して、未知の時代に歩み入ろうとしている。このときにあたり、創業の人野間清治の「ナショナル・エデュケイター」への志を現代に甦らせようと意図して、われわれはここに古今の文芸作品はいうまでもなく、ひろく人文・社会・自然の諸科学から東西の名著を網羅する、新しい綜合文庫の発刊を決意した。

激動の転換期はまた断絶の時代である。われわれは戦後二十五年間の出版文化のありかたへの深い反省をこめて、この断絶の時代にあえて人間的な持続を求めようとする。いたずらに浮薄な商業主義のあだ花を追い求めることなく、長期にわたって良書に生命をあたえようとつとめるところにしか、今後の出版文化の真の繁栄はあり得ないと信じるからである。

同時にわれわれはこの綜合文庫の刊行を通じて、人文・社会・自然の諸科学が、結局人間の学にほかならないことを立証しようと願っている。かつて知識とは、「汝自身を知る」ことにつきていた。現代社会の瑣末な情報の氾濫のなかから、力強い知識の源泉を掘り起し、技術文明のただなかに、生きた人間の姿を復活させること。それこそわれわれの切なる希求である。

われわれは権威に盲従せず、俗流に媚びることなく、渾然一体となって日本の「草の根」をかたちづくる若く新しい世代の人々に、心をこめてこの新しい綜合文庫をおくり届けたい。それは知識の泉であるとともに感受性のふるさとであり、もっとも有機的に組織され、社会に開かれた万人のための大学をめざしている。大方の支援と協力を衷心より切望してやまない。

一九七一年七月

野間省一